François

Lelord

寂 寞

的

Ulik au pays

du

désordre amoureux

公 因 数

[法]

弗朗索瓦·乐洛尔

—— 著

尉迟秀

—— 译

CTS
PUBLISHING & MEDIA
中南出版传媒

湖南文艺出版社
HUNAN LITERATURE AND ART PUBLISHING HOUSE

博集天卷
CS-BOOKY

图书在版编目（CIP）数据

寂寞的公因数 /（法）乐洛尔（Lelord，F.）著；尉迟秀译.
—长沙：湖南文艺出版社，2014.3
ISBN 978-7-5404-6606-0

Ⅰ.①寂⋯　Ⅱ.①乐⋯　②尉⋯　Ⅲ.①长篇小说 – 法国 – 现代
Ⅳ.①I565.45

中国版本图书馆CIP数据核字（2014）第 022384 号

著作权合同登记号：18-2014-011

Ulik au pays du désordre amoureux by François Lelord
Copyright © Oh ! Editions, 2003.
All rights reserved.

上架建议：外国文学

寂寞的公因数

作　　者：［法］弗朗索瓦·乐洛尔
译　　者：尉迟秀
出 版 人：刘清华
责任编辑：薛　健　刘诗哲
监　　制：蔡明菲　潘　良
特约策划：马冬冬
特约编辑：汪　璐
版权支持：文赛峰
营销支持：尤艺潼　杨颖莹
封面设计：@broussaille私制
版式设计：李　洁
出版发行：湖南文艺出版社
　　　　　（长沙市雨花区东二环一段508号　邮编：410014）
网　　址：www.hnwy.net
印　　刷：北京鹏润伟业印刷有限公司
经　　销：新华书店
开　　本：880mm×1230mm　1/32
字　　数：166千字
印　　张：8
版　　次：2014 年3月第1版
印　　次：2014 年3月第1次印刷
书　　号：ISBN 978-7-5404-6606-0
定　　价：32.00元
（若有质量问题，请致电质量监督电话：010-84409925）

目　录
Contents

楔　子

　　房里的孤独感终于巨大到令人受不了，他决定下楼去酒吧喝一杯。

　　他在走廊上遇到一位清洁妇，推着一辆装满毛巾的推车。两人擦肩而过的时候，她对他浅浅一笑，他也报以微笑，因为他现在已经明白了：这种微笑的用意根本不是她想要和他攀谈，这不过就是这家旅馆的员工向客人问候的方式。

　　这家旅馆很大，里头有好几家酒吧，可是他很快就发现最适合他的在走廊尽头，也就是离旅馆入口远远的那家酒吧。那里像个小客厅，柔柔的昏暗之中只有几张小沙发，灯光从吧台后面透出来，一个年轻的喀卜隆呐克人[1]在那里准备饮料。在这么晚的时候，酒吧里的顾客寥寥可数。

＊本书注解全为译注。

[1] 喀卜隆呐克人（Kablunak）：因纽特语，意为"白人"或"非因纽特人"。因纽特人（Inuit）旧称"爱斯基摩人"，由于"爱斯基摩"是印第安人对这个原住民族的称呼，意思是"吃生肉的人"，现在西方国家多舍弃带有贬义的"爱斯基摩"，改用该民族自称的"因纽特"（意思就是"人"）。

他才坐下来，心情就好多了。

"先生，您要喝点什么？"

另一个穿白色背心的喀卜隆呐克人面带微笑看着他。

"我可以看一下酒单吗？"

"当然可以，先生。"

他捧着打开的酒单，心想这次做得不错，给了对方一个正确的回答，所以可以在这次小交道之后，享受一下成果——慢慢看酒单上有什么饮料。觉得自己做成了某件事，这种感觉，自从他离开家乡就很少感受到了。

稍远处有张桌子旁坐着三个日本人在聊天，不时还会看他一眼。他发现喀卜隆呐克人有时会以为他是日本人，不过日本人从来不会犯这种错，他们一眼就看得出来他跟他们是不同类的。而且日本人很少有蓝眼睛的，不过话说回来，他的族人里头蓝眼睛的也不多。

吧台前的高脚凳上坐着两个年轻女人，有说有笑的。他看到她们裸露的手臂，看到她们的耳环和闪闪发亮的头发。她们看起来很惬意，也很自信。或许她们在等她们的男伴？这里有些女人很漂亮，可是他毫无概念，不知该如何跟她们攀谈。而且，他永远也搞不清楚，她们究竟是单身还是已经属于某个男人了。可是在他的家乡，这种事谁会不知道。

他觉得待在这里比待在自己的房间里好过多了，就算他不敢去跟年轻女人或日本人说话，至少他不再是孤单一人了。从抵达的那天开始，他就已经习惯每天都会碰到一些不认识的人了，可是要他跟人家没有介绍给他认识的陌生人攀谈，对他来说还是太困难了。玛希·雅莉克丝替他安排会见了一些人，他发现自己在这里三天所认识的人比起在家乡一辈子认识的人还多。还有，他发现这些喀卜隆呐克人所谓的"认识某人"，意思只是记得那个人的长相和名字，可是对他来说，"认识"就是看着一个人生活了一些年，无论是好日子还是坏日子。

他看着酒单。他认真看了一下，想看看自己对酒单上的"无酒精鸡尾酒"会不会感兴趣，可是他很快就发现这是不可能的。他的目光不断瞟到另一页，酒精的记忆在他的血管里流窜——他抵达的第一天，大使馆为他办了一场欢迎酒会，从此，他的身体就一直想寻回对酒精的记忆。

曼哈顿。一个他不认识的地方。

蓝色珊瑚礁。他很想看看哪里有这种珊瑚礁。

血腥玛莉。他们真的会把血加到这种鸡尾酒里头？

白色佳人。这是专门调给喀卜隆呐克女人喝的饮料？

北极熊。

他的目光停住了。这几个字在他眼前模糊了，整家酒吧也在他周围轻轻旋转起来。

北极熊。

纳努克大神[1]，黑色的嘴。

这时他想起来了。雪地上的奔跑、狗吠、大风，当然，还有呐娃拉呐娃。

---

[1] 纳努克大神（Le Grand Nanook）：因纽特人传说中的神，掌管所有的北极熊。纳努克（Nanook）：因纽特语，意为"北极熊"。

Chapter *1* 陌生的世界

她慢慢靠近，像一只好奇的小狐狸延着漂亮
的鼻子。这一刻，他看见一个小姑娘的灵，
还活在她的身上。

1

出发的时间到了，石油基地的小飞机的引擎在暖机，这时，她逃过父亲的监视，偷偷跑来和他见面。

"你什么时候回来？"她问他，整个人还气喘吁吁的。

"很快就回来。"

"那我，我一个人留在这里。"

"我的灵不会离开你。"

她露出微笑。一如每一次她对他露出微笑，他感觉到自己的心在胸口怦怦跳着。

"不要遇到太多喀卜隆呐克女人哦。"她说。

"她们比不上我的呐娃拉呐娃。"

她又露出了微笑，可是他看见她的眼角泛出一颗泪珠。

机长从机舱走下来，对他作势说时间到了。

"我离开是为了和你在一起。"他又对呐娃拉呐娃说了这句话。

他们听见一阵鼓噪。冰屋附近有一小群女人发现了他们，正在对他们表达不赞同的态度：自从他们不再是未婚夫妇，他们就被禁止私会了。

"我的爱。"她说。

他们很快地拥抱了一下，然后往各自的方向离去。他往配备着滑橇的小飞机走去，飞机很快就在雪地上滑行起来。她则是往冰屋群走去，父亲一脸不高兴地在那儿等着她。

飞机飞上高空，他最后一次看到她细瘦的身影浮现在皑皑的雪地上，接着飞机转了向，村子就从他眼里消失了。

呐娃拉呐娃。呐娃拉呐娃。

此刻你在做什么？他忧伤地看着空乘为他端来的饮料，冰块在杯子里碰来碰去。

她曾经是他的未婚妻。他们从她还是婴儿，他还是小男孩的时候就认识了。她开始学走路的时候，他带着她在雪地上散步，他们的母亲带着微笑看着两个小身影手牵着手。"看他们感情多好啊，我们的小尤利克和我们可爱的呐娃拉呐娃！我们要让他们结婚。"在因纽特人的国度，婚姻经常在儿时就决定了，所以每个人都知道自己的未婚妻或未婚夫是谁，这么一来，也就避免了无谓的猜疑和竞争。

他观察着吧台前依然在聊天的两个年轻女人，他猜想这里的风俗是不一样的。这个城市似乎有很多单独的女人可以接近，不必担心会引起一位父亲的愤怒，或是激起一个男人的嫉妒。所以，喀卜隆呐克男人没那么会嫉妒吗？或许他最后会去和这两个美女聊一聊。他发现在这个国家，和他擦肩而过的女人经常会看他一眼。这样的意思是她们觉得他迷人吗？可是对呐娃拉呐娃的记忆把他唤醒了。他为什么要在这里被陌生的女人吸引，而不是留在心爱的女人身边？他喝下第一口**北极熊**，一边想着将他们拆散的所有灾难。

第一次不幸发生时，他还是个小孩，且因此变成了孤儿。有一天，他的父亲到冰河上打猎，其他的猎人看到他的父亲和雪橇一起消失在一个被雪盖住的冰缝里。他们赶紧跑过去，可是那个洞太黑、太深，他们根本看不到他父亲，也无从搭救。没有任何叫声响应他们的呼唤，只有受伤的狗发出几声微弱的呻吟，从黑暗中传了上来。没有人敢下到这种洞里救人。狗的呻吟声渐渐静了下来。

他母亲知道这个消息的时候，陷入巨大的绝望之中。他看到她整天在冰屋里动也不动，两眼茫然；有时，她出门到海滩上，面对着大海，面对嘈杂的波浪和呼啸的海风，泣不成声，久久不止。

有一天，他的母亲没有回来。全村的人都出去找她，可是没有人看到她。她走到海里去了？她遇到一头熊，成为它轻松擒来的猎物？村民确实找到一些熊出没的足迹，可是没见到他母亲留下的任何痕迹。

北极熊。他又向亲切的服务生点了第二杯。日本人都走了。两个年轻女人优雅地从她们的高脚凳上起身，一眼都没看他就离开了。他又是一个人了。

　　他变成了孤儿，这是因纽特人的生命中最艰困的境况。他没有哥哥可以照顾他，所以被舅舅领养了。可是，就像所有的孤儿一样，他只能吃没人想吃的东西，得等表兄弟吃饱之后才轮得到他。他只能分配到冰屋入口附近的位置，那里是整座冰屋里最冷的地方。在因纽特人的国度里，孤儿的生活就是如此，所以很多孤儿在父母过世不久之后也死了。但是他活了下来。

　　杯底，两颗冰块互相碰撞着。一股乡愁袭上他的心头。冰。或许这上头也有一点来自北方的灵？在他的岛上，他随时都可以感觉到灵的存在，在岩石里、在动物身上、在风中、在天空的颜色里。灵充斥着他的世界，就算自己一个人去打猎，他也会不断地和各式各样的灵擦肩而过；他从来没有孤独过。可是在这里，在这些沙发里、在这张地毯上、在这家酒吧里，甚至在路旁瞥见的鸽子身上，他根本感觉不到灵存在的气息。起初他以为这里也有喀卜隆呐克的各种灵，只是像他这样的因纽特人很难接触到它们。后来他才明白，这里的人在这些东西里感觉不到任何灵的存在。

　　冰块融化了。服务生端着另一杯走了过来，他心想，他的命是喀卜隆呐克人救活的。

　　在他父母双亡的那个年代，一座气象站刚好设置在距离村民的营地不远的地方。他受到饥饿和被爱的渴望驱使，每天都去那里报到。气象站那些高大的喀卜隆呐克人都很心疼这个爱斯基摩小孤儿，他们邀他一起来享用他们的食物。他每天都会去气象站，谭布雷站长开始教他讲他们的语言，讲拉封丹寓言故事给他听，后来还要他把故事背下来。

他活了下来，长得又高大又强壮，可是如果这是为了和他心爱的人分离，又何必呢？就算没有人说什么，他也感觉得到，已经没有人还当他是呐娃拉呐娃未来的夫婿了。

现在他是个孤儿，而且不再和某一群猎人有交情了。

他成了喀卜隆呐克人的朋友，尽管气象站关闭了，人也走了。他和喀卜隆呐克人的交情使他成为别人眼中的异类。

他触怒了纳努克大神之灵，有可能让整个部落陷入最糟的诅咒之中——再也找不到猎物。

渐渐的，他无法再单独见到她了。她必须听从父亲的话。可是她依然以满怀温柔的目光看着他。

他们两人都明白，现在首领心里想的准女婿人选是库利司提沃克。库利司提沃克的年纪比他们都大，已经有了一个妻子，不过他是个杰出的猎人，而且说不定会是未来的首领，不过也有很多人觉得他太爱吹嘘了。

可是等到勘探石油的喀卜隆呐克人来了以后，他们的大型石油基地在这里像一股恶疾在冰天雪地里蔓延开来。等到因纽特族有个忧心忡忡、个头小小的胡子爷爷使他们的部落被纳入了世界人类遗产，并且建议首领从部落里派一个人去喀卜隆呐克人的国度去当大使时，他立刻抓住这个机会，抓住他最后的机会。他愿意出任大使，他这么说，唯一的条件是呐娃拉呐娃要继续当他的未婚妻。首领想了想，露出微笑，接着宣布如果他愿意去当大使，等他回来的时候，自己会重新考虑。于是他飞往喀卜隆呐克人的国度，于是北方的幻象对他预言：他将被一只空心的大鸟载走，前往白人的国度。他会认识他们辽阔的国境、他们巨大如山岭的房子。他会遭遇无数喀卜隆呐克女人的爱情。他归乡的脚步会一直遭受阻碍，他会在遥远的土地上流浪，他的心在受苦，因为他渴望重回故土，渴望再见到他的族人，因为这一切都是他触怒的纳努克大神的心愿，也是某些喀卜隆呐克人的心愿，他们的人数比纳努克多上千倍，他们想要向因纽特族表达敬意。

2

　　喝完第三杯北极熊，他开始觉得好多了，仿佛纳努克大神之灵重新关爱着他。何不点第四杯呢？

　　他还是一个人，除了调酒师和服务生，没有别人。他们看着他窃窃私语。

　　一阵羞愧袭了上来。他不是不知道，酒，这种喀卜隆呐克人的发明可以让人变得跟小孩一样手脚不协调，语无伦次。他想起大使馆的酒会上众人同情的目光——大家看到一个胖女人显然因为喝了太多烈酒，在那儿放声大笑，后来她试着要坐下的时候，竟然从椅子上摔了下来。他不想感受到吧台那两人目光中的同情，他是个骄傲的因纽特人，只有小孩和女人才能让人同情而无损于荣誉。他站起来，觉得地板好像变成一大片正在融化的浮冰，一大块一大块的冰板在脚下跳着舞。可是没有问题，他从小就受过这种训练，所以他可以一直走到吧台。

"您还要点些什么吗，先生？"

他想回答，可是花了一点时间才挤出一句话。

"不用了……我要去睡觉了。"

"祝您好梦，先生。"

"我觉得好孤单。"

这个句子就这么脱口而出，其实他并没有打算说出来，可是他心里的孤独感实在太强，终于溢了出来。

他看到调酒师和服务生停顿了一下，互相看着对方，然后调酒师又对他说话了。

"您需要人陪伴吗，先生？"

"噢，是啊，可是我知道时间已经很晚了。"

"时间永远不会太晚，先生，您可以回您的房间。"

他突然意识到他可能永远找不到自己的房间。他习惯在大自然中，以自由流动的空气来辨认方位。可是抵达之后他就知道了，当必须从一个楼层移动到另一个楼层的时候——尤其每个楼层都长得一模一样，而且也没有天空，没有风，没有任何他习惯的参照物——他就觉得自己完全迷失了。他再一次觉得羞愧。

"我怕我会找不到。"

"对不起，您说的是……？"

"我的房间。我怕我会找不到。"

调酒师露出一抹若有似无的微笑。

"没问题，先生，尚-马克会陪您走回去。"

后来，在电梯里（你看，连走过的路都看不见，我们还怎么认路？），尚-马克带着微笑问他：

"这个时节，在您的家乡，应该是极夜吧？"

这种事总是令他感到惊讶，有时候喀卜隆呐克人似乎知道因纽特人的国度的某些事情，可是他们根本没去过那里。

"不是，极夜已经结束了，现在我们打猎的季节又要开始了。"

他正想要告诉他，在长达三个月的黑夜之后，会有一小块阳光第一次出现在地平线，这一刻，整个部落都会一起祈祷，祈求明天阳光再回来。可是电梯门打开了，他们到了他的楼层，接着到了他的房间门口。

"先生，您还好吗？"

"很好，很好。"

"别担心，有问题就找我们。"

"谢谢，谢谢。"

可是一旦回到房里，独自一人，他就觉得很难受，像个被遗弃的孩子。要不是羞耻心阻止了他，他早就跑出去追那个服务生了。

别像个孩子似的，他心里这么想。

你是个骄傲的因纽特人。

他其实经历过不少考验，可是这是他这辈子第一次独自待在一个房间里。事实上，这是他第一次一个人独处，因为和因纽特人生活在一起，永远不会有人落单。

在冰屋里，和亲友待在一起。打猎的时候，最常见的情况是一帮人一起去，因为独自去打猎太危险了。

有时，去整理陷阱的时候是一个人，但是绝对不会走太远，而且一定会带狗去，而且说回来就回来；想让孤独感持续多久就是多久。从来没有人会让你独自一个人，除非是犯了大错；这样的话，人们会刻意疏远你，再也没人要跟你说话，那你就得再找一个愿意接受你的村子，或是躲得远远的，变成一个**因尼沃克**——一个遭受天谴的人，不久就会死去。

他召唤他全部的**因努哈**——他全部的理性——告诉自己，在喀卜隆呐克人这里，孤独不是一种惩罚。他什么坏事也没做，他没有被处罚。对他们来说，一个人待在房里是很自然的事，就跟他和亲友待在冰屋里取暖一样自然。他们当中没有人可以过他熟悉的北方生活，可是他们似乎已经驯服了孤独。

他试着去想呐娃拉呐娃，他承受的这一切都是为了她。可是他却无法让自己的记忆重现，仿佛他未婚妻的灵拒绝来到这个风格怪异的房间里。

只有一个人可以帮他，让他觉得不那么孤单，这个人就是玛希·雅莉克丝。他认识她只有三天的时间，她是联合国教科文组织挑选来陪他的人。一个高大的喀卜隆呐克女人，有一双漂亮的蓝眼睛和迷人的浅笑。说不定她会明白他的感受？

可是现在打电话给她会不会太晚了？不管了，他已经受不了了。

悠长的电话铃声之后是她的声音，先是充满睡意，接着立刻转变成忧心。

"尤利克！您还好吗？"

他无法承认自己因为软弱而害她担心，他也没办法继续这样打扰她了。

"我很好。"

"真的吗？"

"真的，真的。"

一阵静默。她应该是在看现在几点，可是她什么也没说。听不到她身边有任何人的声音。有那么短暂的片刻，他看见她光裸的肩膀，还有一绺头发横过她的脸颊。

"您希望我帮您做什么吗？"

"没有，没有。"

"有什么问题的话，就跟我说，好吗？"

"一定的。"

"我明天早上八点会去接您，您记得吧？"

"当然记得。玛希·雅莉克丝，您好好睡吧。"

"您也是，尤利克。"

他又是一个人了，待在这个怪异无比的房间里。

他把所有的灯都关了，躺在床上。在黑暗中，他可以幻想自己身在别处、在远方、在因纽特人的国度。

正当他试着一边想着雪地的风声一边入睡时，有人敲门了。

他很惊讶，是刚才在吧台聊天的两个年轻女人当中的一个。

"您好，您好像需要人陪伴，是不是？"

3

这个年轻女人非常亲切——虽然他没有立刻搞懂她的专长是什么。这是他在这里遇到的一个难题：所有人都有一项专长，像是服务生、医生、大使、调酒师。可是在他的家乡，事情比较简单：所有男人都是猎人，没有例外；所有女人都负责照顾冰屋，嚼皮革，缝皮革，还有养小孩，有时候她们肯定也会拿着手捞网去抓海雀，可是没有人会说这是真正的打猎。

喀卜隆呐克人的社会或许在灵的方面很贫乏，可是在专长方面却很丰富。他想起一个词：灵性。专长丰富，灵性贫乏。他很高兴自己想出这么好的句子。

他的心思回到刚刚离去的年轻女人身上。他感觉自己脸红了。这是他第一次在灯光明亮的地方做爱，而不是像在家乡那样，在黑暗中躲在皮毯底下，静悄悄地，趁着其他人睡着的时候做爱。

他回想起年轻女人的某些姿势，兴奋和羞耻同时涌现，再次袭遍他全身。她对他做出非常大胆露骨的赞美，说他表现得比大部分喀卜隆呐克男人都好，从前别人跟她说的可不是这样。

于是，他向她解释自己是从哪里来的。她似乎很惊讶。后来，当他向她坦承自己是第一次跟她这一族的女人亲近时，她显得有些尴尬。

"好吧，希望这给你留下一个美好的回忆。"她笑着说，"第一次，总是很重要的……"

她叫嘉桑特[1]，这是他从没见过的一种花的名字。

然后她问他，付钱的人是他吗？

他愣了一下，接着，一段回忆从很遥远的地方回来了。老婆婆阿呐喀呐卢喀跟他说过这种交易：每年，喀卜隆呐克捕鲸人搭着大船，顶着宛如翅膀般颤动的船帆经过他们的海岸，有些因纽特女人就会登上船，之后，她们会带着丝巾、刀子，还有玻璃珠，兴高采烈地回来。她们的男人让她们去船上，因为这样可以让部落得到一些有用的东西，而且捕鲸人从来不会停留太久。不过有时候，有些婴儿会因为这样的相会而诞生，这也解释了为什么在一个世纪之后，尤利克这个因纽特人会有蓝色的眼睛。

尽管他已经明白了嘉桑特想要的是什么，他还是觉得很尴尬。

"你没搞懂我是谁，对吗？"她问道。

---

[1] 嘉桑特（Jacinthe）：作为普通名词的意思是"风信子"。

"不是，不是，我想我搞懂了，可是……"

"你没有钱？"

他的身上没有钱，一切都是联合国教科文组织的工作人员负责的。

"嗯，"她说，"我应该先说清楚的，不过我还以为事情都安排好了。那有人可以替你付钱吗？"

他还不清楚本地的习俗，不过他觉得去跟教科文组织的接待人员讲这件事应该不太妥，尤其是对玛希·雅莉克丝，尽管她似乎总是希望让他过得舒舒服服的。

"我不知道耶，如果……"

突然，他的目光停在他的大行李箱上。

他带来了一些礼物，原本是要送给即将在旅居期间会见的那些人——都是喀卜隆呐克不同专业领域的首领，像那天晚上，他就送了一份礼物给大使。

他打开行李箱，呆望着里面的东西：有好几只极地动物的雕像（材质是海象牙或独角鲸的长牙）、几顶雪狐毛毡帽、三双海豹皮制的靴子，还有北极熊的毛皮。

"你挑吧。"他说。

她慢慢靠近，像一只好奇的小狐狸挺着漂亮的鼻子。这一刻，他看见一个小姑娘的灵，还活在她的身上。

4

　　他坐在玛希·雅莉克丝办公室里的一张小沙发上，等着她下班载他回旅馆。她一边看数据，一边打了几通简短的电话，他趁这机会观察她。他印象最深刻的是她很快做出决定的方式，而她处理的事情包罗万象，对他来说都是非常神秘的领域。

　　"……不行，他的报告不够完整。他得在做报告之前重写……社交活动的支出，委员会是不可能用我们的工作费去埋单的，除非他们刚好是赞助者！……对，我们可以当主办单位，但是这还要提交给执委会……"

　　不时有人会敲敲门，在隔壁办公室工作的两个年轻的喀卜隆呐克人当中的一个就会走进来，问她对于另一个神秘主题的意见。从玛希·雅莉克丝对他们说话的方式来看，很清楚，她是他们的首领。他每次都对此感到惊讶，看见一个女人下达命令给两个孔武有力的年轻男人，而这两人当中至少有一个可以当个好猎人。

　　"尤利克，我再要五分钟就好了，然后我们就可以走了。"

　　他心想自己的运气真好，可以有这样的地陪。玛希·雅莉克丝有一双清澈美丽的蓝眼睛，尽管她年过四十（对一个在因纽特国度的女人来说，这算是够老的了），可看起来还是像一个年轻的女人。不过她有一点还是让他有点困扰：这是他第一次被一个比他高的女人陪伴，而他早已习惯自己是部落里个子最高的了。她的一切在他看来都有一点奇怪，也颇神奇：她的头发、她粉红色的皮肤、她纤细柔软的手，还有她咯咯的浅笑。他知道她有一个十岁的小男孩，还有一个女儿——年龄稍大一些——十七岁了，而且她的丈夫离开她了（去了哪里？他没搞懂）。他们之所以会选她当他的地陪，是因为她在这里被视为因纽特人的专家。她告诉他，她造访过好几次阿拉斯加黑河（Black River）的乌克图斯人（Uktus）和尤皮克人（Yupiks）的国度，甚至也造访过楚乌克人（Tchouks）——人们常把他们跟因纽特人搞混，真糟。

他们一起过了一整天。会见各单位的官员，和另外两位研究因纽特文明的专家一起吃午餐，然后是参加在一家大饭店的宴会厅举办的酒会。他得在酒会上听很多人致欢迎词，然后他自己也得来上一段。

他引了拉封丹寓言里的《城里老鼠和乡下田鼠》作为开场白。所有人看到一个因纽特人把他们的语言讲得这么好，都露出一副又惊讶又着迷的表情。

"我亲爱的尤利克，您是最棒的大使。"服务生为他们端来香槟时，玛希·雅莉克丝这么对他说。

他不敢说，他自愿前来为的是希望有机会重回呐娃拉呐娃的身边。可是另一方面，他成为大使已是事实，因而也努力把好好代表部落这件事当成自己的职责。

玛希·雅莉克丝办公室里的电话铃声再度响起。

"夏勒？……不行，我这个周末没时间陪他们……欸，你最近至少有三次都是到了最后一刻才跟我换时间……"

他知道那是她丈夫，他们争执是为了搞清楚他们的小孩这个周末要跟爸爸还是跟妈妈一起过。所以小孩得避免同时和他们的爸妈一起过周末吗？这是喀卜隆呐克人的禁忌吗，就像因纽特人有个禁忌是绝对不能说出死者的名字？

5

"搞什么呀！笨蛋！"玛希·雅莉克丝对一个想跟她抢道的驾驶员大骂。她漂亮的脸庞瞬间变成一副愤怒的面具。

她说要载他回旅馆。现在他就坐在她身旁，看她开着她的小车在车流当中，熟练的技术令他印象深刻。不过，他当然要装出一副没事的样子，因为他觉得流露出惊讶的神情有违一个骄傲的因纽特人应有的尊严。而且他在石油基地附近已经见过雪地摩托车，汽车不过就是雪地摩托车的一种变形罢了。再说，喀卜隆呐克人的生活方式里头藏着更多更新的事，对他来说，这比他们的机器更新奇。

玛希·雅莉克丝超过去的那辆大车没多久就追上了他们，停在他们前面，动也不动。玛希·雅莉克丝想要绕过它，但是不可能，因为他们此刻正陷在车流里。大车的车门打开了，一个体格也很庞大的男人下了车，开始咆哮。

"妈的，你以为你是谁啊？你车是怎么开的？"

尤利克问玛希·雅莉克丝认不认识这个跟她以"你"相称[1]的男人。

"才不认识呢。讨人厌的家伙。"

体格庞大的男人走到玛希·雅莉克丝的车门旁，开始大声嚷嚷着一些在尤利克听来像是辱骂人的话——总之，他从来没在拉封丹寓言或其他小时候看过的作品里读过这些字眼。其他的车子都堵在他们后面，喇叭声不绝于耳。

"得让他停手才行。"尤利克说。

"您别动，尤利克，这样对事情没有帮助。"

可是任由一个女人被侮辱是不可能的，这是非常严重、非常有失名誉的事。于是他走下车子。

---

[1] 依照法语的一般应答礼仪，陌生人是以"您"相称，相识者彼此同意或陌生人相谈甚欢，才会开始以"你"相称。尤利克听到对方以"你"称呼玛希·雅莉克丝，因而有此一问。

尤利克在因纽特人当中算是高的，但是在这里，他算是中等身材，属于瘦的那一型，尽管他的肩膀很宽。

"噢，你这个黄种人，你最好静静地别出声，"那个男人说，"不然我三两下就摆平你！"

那男人显然错估了形势。

尤利克走回来坐在玛希·雅莉克丝身旁时，她已经快要说不出话了。只见那个男人摇摇晃晃地爬起来，走回车上，在一阵喧嚣的喇叭声中把车开走了。

"老天，"她说，"如果您出了什么事……"

然后，突如其来地，她以近乎欢乐的语气说：

"干得好，您对他做的！"

不过她又立刻换上一副严肃的表情：

"尤利克，您绝对不可以再这样了。尤其是，绝对不可以在这里跟人打架。"

"就算为了保护一个女人也不行？"

"噢，我又不会有任何危险，车门是锁住的。"

可是名誉，他心想，他自己的名誉，还有她的名誉呢？显然，他在这里还有很多规矩要学。

车子在旅馆门口停下来的时候，她转过头来看着他。

"好，我明天早上过来接您。"

他望着穿制服的门房服务生走近车子，心里想的却是即将再度降临的寂寞夜晚。

"尤利克，有什么不对劲吗？"

她猜对了。在她温柔的目光下，他突然觉得自己好像赤裸裸地在她面前，像个小孩，什么也藏不住。他听到自己低声喃喃：

"没事，没事，一切都很好。"

可是她不相信。

"旅馆里有什么不好的事吗？"

他结结巴巴地说：

"我不习惯……一个人独处。"

他看见玛希·雅莉克丝的眼睛因为惊讶而睁得又大又圆。

"哎呀！当然是这样的！我怎么没想到！在你们那里，你们是从来不会落单的。"

"对呀。"

"所以你昨天夜里才会打电话给我？"

他觉得自己脸都红了。这样子在一个女人面前暴露自己的心事，真是太丢脸了！他恢复镇定，对她说今天晚上不会有问题了。（说不定他可以再找昨天晚上的那个年轻女人过来？）玛希·雅莉克丝似乎不相信他说的。

"我觉得您在这里好像并不快乐。这是一件痛苦的事。"

"是啊，不过我可以忍受。"

她笑了，有那么一瞬间，他以为她在嘲笑他。

"我才不信呢！尤利克，为什么要忍受这种没意义的痛苦呢？其实这都是我们的错。我们早该想到的……"

她正在伤脑筋，可是门房服务生已经等着要把车门打开了。

　　"我可以带您去大使馆，他们有一些房间是给雇员用的……可是如果这样，教科文组织那边一定又会有意见。而且，您在那里可能还是自己一个人……"

　　她看了看她的手表。

　　"……要再安排，时间也有点晚了。"

　　她没再说话，而是看着他。

　　"我亲爱的尤利克，还有另一个办法。如果您愿意的话……"

Chapter *2* 孤独的小孩

这是生命的气息，完全不同于孤寂——被孤
寂包围，就像死人在坟墓里，只听得见自己
的骨头在咔咔作响。

1

　　他听到墙壁的另一边传来茱莉叶特的声音，她是玛希·雅莉克丝十七岁的女儿，她还没睡着，在床上翻了个身。接着是轻盈的脚步声——应该是托马——正在往厨房走去。他还听到冰箱门打开的声音。同样是在他们的公寓里，另一处，有一扇门关上了。

　　房里一片黑暗，他在床对面的墙上看到一幅肖像，是一个眼睛清澈、满脸笑意的年轻男人站在一架小直升机前。玛希·雅莉克丝刚才跟他解释过，那是她的祖父，一位飞行员，在一场喀卜隆呐克人之间的战争中殒命。

　　他也欣赏了孩子们在不同年龄时拍下的照片，经常是和妈妈在一起拍的，他不敢问为什么从来没看见他们那个已经"离开"的父亲。他还记得"离开"这个字眼。他心想，所以，他应该是真的离开了。

　　他坐在床上，突然觉得很不自在。他的族人绝对不会让一个陌生人睡在一个没有男人的冰屋里，只有一个例外，那就是部落里有人在他旅居期间借给他一个女人。

　　他听见托马从厨房走回来了，脚步声在他的门口停了下来。

"尤利克？"

"嗯。"

"你还没睡吗？"

"还没。"

门被缓缓地推开了，托马踩着小小的脚步羞怯地走进来。他今年十岁，动也不动地待在那里，安静无声。就这个年龄的孩子来说，他举手投足的方式很令人惊讶。从玛希·雅莉克丝看他的眼神就知道，她很担心托马。尤利克没有跟喀卜隆呐克小孩相处的经验，不过他感觉得出来，托马有一点特别。托马一直待在那里，站在床边，什么话也没说。

"托马，你妈妈一定会说，你该去睡觉了。"

"我已经睡过了。"

"是啊，可是晚上还没结束呢。"

"那你呢，你不睡觉？"

"是啊，可是我明天不必上学。"

"明天你要上电视。"

显然所有人都对他明天要上电视感到非常兴奋，他不太知道自己该怎么想这件事。

"尤利克？"

"嗯。"

"你再讲一次打猎、抓北极熊的故事给我听。"

这故事托马似乎百听不厌。晚餐的时候，托马发现姐姐茉莉叶特也在听他说猎熊的故事，而且她急于知道他们是怎么把皮缝在一起的，她对皮革的加工过程也很感兴趣。靴筒的外面是熊皮，内里通常会加上一层野兔皮，当然，女人们得用力把皮革嚼软……这些事她听得津津有味。

他又讲了一次猎熊的故事，加上他自己了不起的事迹：奔跑的狗，像波浪般涌动在远方的雪地上的熊，然后是恐怖的时刻，一定要准确无误地把长矛插进这头飞扑而来的怪兽身上。

托马问他："那你自己杀过吗？"

这是托马第一次直接问他这个问题。

"杀过。"

"几次？"

"两次。"

就是这样他才触怒了纳努克之灵。当他们要杀一头熊的时候，只有在纳努克之灵愿意把这头熊赐给他们的时候才能动手，所以，他们得办一场葬礼表达敬意，而且在几天之内，任何人都不可以再动身去猎熊。可是在他第一次猎熊之后，他发现他最心爱的两只狗在夜里被一头来路不明的熊杀死了，他在盛怒之下，动身去追捕这头熊，把它杀了。

"那后来你被诅咒了吗？"

"或许吧。总之没有人觉得这么做是对的。"

而且呐娃拉呐娃就不再是我的未婚妻了，他心里这么想。不过他觉得跟托马讲这些事让他有点不安。孩子们应该学习他们自己的宗教，不该让自己的灵被其他民族的宗教搞乱了——这种事在牧师和神父来了之后，就发生在南方的因纽特人身上。

　　托马站起来，走过来亲了他的脸颊一下，然后就回自己的房里去了。墙壁的另一边又传来茱莉叶特动来动去的声音。接下来是一片沉寂。玛希·雅莉克丝的房间在更远一点的地方，要在走廊上转个弯之后才是。

　　他觉得很舒服，集中精神之后，他甚至猜得出他们三个人通过半掩的房门传出来的呼吸声。这是生命的气息，完全不同于孤寂——被孤寂包围，就像死人在坟墓里，只听得见自己的骨头在咔咔作响。

　　他意识到自己是这个沉睡的家里独一无二的男人，这种感觉真是令人惊奇！少了他，他们也会这样度过夜晚，一如他还没来到之前的每一个夜晚。这里没有男人回来述说他白天外出打猎的事迹，并且向小男孩展示如何成为一个真正的因纽特人，稍晚再到热乎乎的被窝里找他的妻子。从某个角度来说，玛希·雅莉克丝也是一个人，跟他前一天晚上自己一个人待在旅馆的房间里没什么两样。他很佩服她可以忍受这一切，她从没显露出害怕的样子，甚至一整天看起来都很开心。

　　他在心里开始毫无意识地往她的房间走去。可是这会不会冒犯到她？他不懂这里的习俗。说不定她的微笑表示她已经同意？

　　如果是这样的话，没去找她就是冒犯了。他回想她粉红色的皮肤，回想她的微笑、她利落地开着那辆小车子的动作。

　　结果他睡着了，他的梦没多久就把他带到了因纽特人的国度。

2

"我只会问您几个关于您部落生活的问题，好吗？还有关于您
初来这里的一些印象。"

主播的脸看起来很严峻，一板一眼的，还有一双略为凹陷的猎
人的眼。主播看上去很年轻，不过仔细一看，尤利克发现主播的头
发经过精心梳理，为的是掩饰掉头发的问题，这也是大多数年老的
喀卜隆呐克人都会遇到的问题。看到主播的手，尤利克知道主播的
年纪至少是他两倍，不过对一个首领来说，这样的年纪很正常。有
件事从他抵达的那天开始，就一直让他感到惊讶：不只是女人试着
要显得比较年轻——这方面，她们跟因纽特女人没什么两样，而且
应该跟世界上其他种族的女人也一样吧——就连男人也努力要维持
年轻的外表，这就令他疑惑了。一个男人的价值表现在他的行动
上，不是看他的气色好不好！可是话说回来，这些人已经不打猎
了，他们应该也失去了从前被认为是最重要的那些观念。

"好吧，"主播说，"您等一下就知道了，电视很简单，只要
保持自然就行了。"

他已经在旅馆的房间里看过电视了，对他来说，这项喀卜隆呐

克人的发明跟酒差不多一样危险：看电视就跟喝酒一样，只要一开始，就很难停下来。很快，他就决定永远不要再打开电视了，不然他会看上一整夜，被荧光屏催眠，从一个频道换到另一个频道，心里想着要尽快搞懂那些由演员演出的真实故事。就像喝酒一样，电视似乎是发明出来帮人度过孤独时光的——这是一种药。

后来，他坐在一张形状像墨鱼软骨的大桌子后头，头上一盏盏小聚光灯放射出像太阳般的光芒，旁边坐着主播，独自一人对着摄像机说个不停。

3

"现在和我们一起出现在摄影棚的来宾来自远方，非常遥远的地方，这是他第一次来到我们的世界。他和他的部落已经被宣告为世界人类遗产。（他转过头，对着尤利克）那么，尤利克，成为世界人类遗产带来了什么影响？"

他觉得自己整个人都麻痹了。这个问题该如何回答？他望着主播打量他的目光，那目光之中透露出些许不耐烦。

"这要看情形……"他用这句话开场。

"看什么情形？"

"这……让我很高兴，因为我知道人类……喜欢我们。"

他词不达意，觉得自己很可笑。

主播立刻接着说了下去："现在，为了让我们更了解您此行的意义，我想请您一起来看一段来自您的部落的报道。"

荧屏上立刻出现了一大片浮冰，镜头是从一架直升机上拍摄的，阳光的角度很斜，几乎贴着地面。接下来，噢，他呆住了，他认出那是伊格卢利克（Igloolik）的悬崖，还有喀卜隆呐克人的基地，红色的帐篷如繁星般在雪地上散开，更远处是他部落的冰屋群。"在北极圈的北部，"影片里的评论者说，"有两片人类的区域：一片是最后的因纽特游牧民族的村落，他们还生活在石器时代；另一片是勘探石油的新基地，他们运用的是最现代的科技……"这时出现了一架由狗拉的雪橇，带头的是一个因纽特人，手里拿着鞭子——他认出那是爱吹嘘的库利司提沃克——微笑着从镜头前面走过。接着是首领，站在一座冰屋前面，陪在他身边的人是宽南威萨亚克。喀卜隆呐克人带了几个住在南边的因纽特人来当翻译，宽南威萨亚克是其中的一个。"石油基地如何改变了村落的生活？"记者这么问。首领回答之后，宽南威萨亚克立刻做出翻译："我们相处得很好，大家各自做自己喜欢的事。"接着影片上出现了几个石油公司的人正在一座到处都是石块的山丘上作业，然后是一顶装满现代设备的帐篷，里头有几个人穿着连体极地工作服，面带微笑。接着是冰屋内部的画面——尤利克觉得一阵羞愧袭上他的脸，因为跟帐篷比起来，冰屋显得阴暗、肮脏，还看得到烟熏的痕迹；接着是因纽特小孩在雪地上边跑边伸出手，往摄像机的方向跑来——他又是一阵羞愧。接着是勘探计划的负责人，是个大胡子先生，他解释说，他们白人之所以能存活下来，靠的是现代化的设备，可是因纽特人几千年来都用他们自己的方法面对这个世界。接着又是几个因纽特猎人驾着雪橇列队前进的画面，他们用声音激励那些拖雪橇的狗。突然，呐娃拉呐娃的脸出现了，她整个人裹着毛皮，神秘美丽宛如女神，若有所思地望着天际。噢，呐娃拉呐娃——他感觉他的心扭绞着——为什么你不在我身边？

"尤利克？"

他吓了一跳。主播应该是问了他一个问题。

"在这里待了几天之后，再看到您的村落有什么感觉？"

还能怎么回答呢？说他很想回村子？可是他并不想惹恼这些招待他的人，也不想惹恼玛希·雅莉克丝这位联合国教科文组织的女士。

"这……让我心头感到很温暖，看见他们过得很好。"

这个回答实在太敷衍了，但是他还能说什么？难道要把刚才首领真正回答的，而负责翻译的宽南威萨亚克不敢翻译出来的话说给大家听？首领说的是："自从喀卜隆呐克人来了，因纽特人就很想偷懒。"

"您来到这里以后，"主播接着问道，"我们的生活方式当中，哪一点给您印象最深刻？"

他的脑子里一片空白，后来，他想到了：

"专长。"

"专长？"

"是的，在我们那里，所有男人都是猎人。在这里，人们有大量不同的职业，很多种。当我遇到某个人的时候，我不知道他的职业是什么。"

"确实如此，亲爱的尤利克！那么在你们那里，女人做些什么？"

"在我们那里，女人养孩子、嚼皮革，她们的丈夫出门打猎的时候，她们还有事情要忙。"

主播露出微笑。

"好，既然你们还在那里生活，表示这个分工方式在你们的环境里运作得还不错！亲爱的尤利克，谢谢您来参加我们的节目。各位观众，尤利克来到这里，代表的是他的部落，他的部落被联合国教科文组织列为世界人类遗产……"

尤利克这才意识到他已经忘记最重要的事了。他代表的是他的部落，他应该要表现出聪明的样子。

"我还有些话想说。"他说。

主播露出一丝不快的表情，不过他可不能当着数百万电视观众的面粗鲁地对待这位温和的因纽特人的代表。

"没问题，不过请长话短说，我们的时间有限！"

"自从我来到这里，有两件完全相反的事情给我印象很深刻。"

"是什么呢？"

"嗯，你们的人实在太多了——我在一个星期之内遇到的人比我一辈子遇到的还多——你们不断地举办一些大型聚会，把所有人聚集起来，可是与此同时，你们也可以忍受一个人待在房间里……"

"这真是非常有趣，谢谢您，尤利克，谢谢您的观察。接下来是实时新闻……"

主播的脸重新占据整个荧光屏，这时有人对尤利克打了个手势，请他站起来往幕布后头走。

他站起来，满怀羞愧。他觉得自己没能好好解释，还在镜头前面待了太久惹人嫌，最糟的是，他没有把代表族人的这件事做好。

4

所有人都带着微笑跟他打招呼。他面对镜子坐着，化妆师用一下下湿润的轻抚让他的脸恢复原状。玛希·雅莉克丝走过来坐在他身旁，他们在镜子里看着对方。

"您说得很好。"她面带微笑对他说。

"不，我觉得很羞愧。"

她把手放在他的手臂上，他感到一股温柔的暖意让他心里的痛苦平静了一些。

"尤利克，您没什么好羞愧的呀，您说的关于职业的事非常有趣。"

"可是他笑了！"

玛希·雅莉克丝看起来有点尴尬。

"因为……这对我们来说有点让人惊讶……女人的角色，在这里，事情不是这样的。"

"我知道啊！所以我说的时候像个什么都不懂的白痴。"

而且，他又看到了呐娃拉呐娃！所有人都会趁他不在的时候去对她献殷勤，尤其是那个爱吹嘘的库利司提沃克。他真是疯了才会选择离开！他真希望自己可以召唤所有北方的灵，立刻就回到雪地上，奔向他心爱的女人。可是他不行，他只能傻不棱登地待在这里，脖子上围着一条小毛巾，任由一个女人抹来抹去，像在帮小孩子擦脸似的。

就连玛希·雅莉克丝充满同情的目光也让他无法忍受，让他觉得自己看起来有多么软弱，有多么张皇失措。

突然，他们听见两个女人在走廊上吵架的声音：

"您应该事先做简报的！"

"可是没有人说要提到你们公司啊。这是联合国教科文组织……"

"真是乱搞，您知道我们在这项维护计划里投注了多少资金吗？"

"这又不是广告节目。"

"是吗？新闻是纯洁的，是这样吗？等我们要决定广告预算的时候，我们会记得的！"

他认出弗萝伦丝的声音，她是石油公司大首领的手下（"媒体公关主任", 他记得是这样), 也是玛希·雅莉克丝的朋友。现在, 不只是一大堆灾难降临在他的身上, 还有人在为他吵架。他知道玛希·雅莉克丝也听见了。化妆师刚把他脖子上的毛巾拿掉, 他噌的一下就站了起来。他想离开, 他想逃离这个地方, 逃离这个耻辱之地。正当愤怒的泪水涌上他的眼眶, 化妆间里却进来了一些人想跟他说话, 向他致意。可是玛希·雅莉克丝把他们挡开, 把尤利克拉到她背后。

"对不起, " 她说, "我们还有另一个约! "

这会儿他们坐上了玛希·雅莉克丝的小车子, 在车流当中, 车子钻来钻去, 开得比平常还快。玛希·雅莉克丝想带他去找个避风港, 她对这一切心知肚明。可是, 这是第一次, 他想要一个人独处。他不想感觉到她的同情——那又是一项附加的耻辱——他宁愿她载他回旅馆, 他可以把羞愧藏在他房间的孤独里, 点几杯北极熊, 然后叫那个戴耳环的喀卜隆呐克美女来陪他, 让他重新感觉到自己是个男人。可是他要怎么做才能让玛希·雅莉克丝明白?

他始终没想出该怎么开口。一起走进公寓的时候, 他没想出来; 玛希·雅莉克丝把门在他们背后关上的时候, 他也没想出来; 她转过身来吻他的时候, 他还是没想出来; 两人进了她的房里, 还是没有; 他感觉到她全身赤裸地贴在他身上颤动的时候, 还是没有——不过此刻, 他已经不想告诉她他想自己一个人独处了。

5

　　尤利克和玛希·雅莉克丝睡了，两人互相依偎着。

　　玛希·雅莉克丝躺着，裸着身子，皱皱的被单横过她的胯部，她像一尊腼腆的雕像。梦幻的笑容、小小的乳房，长长的睫毛在她紧闭的眼帘上，还有她的快乐，都让她今天看起来像个少女。这是许久以来的第一次，她裸着身体躺在一个男人的身边。她梦见她很快乐。

　　尤利克趴着。他厚实鼓胀的背像一根大骨头放在床上，仿佛有一头野兽的灵还在他的身上。他的手臂横过玛希·雅莉克丝苍白的腹部。他梦到了因纽特人的国度。

6

　　有人走进公寓的声音把他吵醒了。他突然意识到自己一丝不挂，独自躺在玛希·雅莉克丝的双人床上。他一骨碌跳了下来。

他听见脚步声往半掩的房门靠近了。

"妈妈？"

听见茱莉叶特的声音，他僵住了，不知所措。他该出声让她知道自己在这里吗？还是什么都别说？可是说不定她已经听到声音了。玛希·雅莉克丝在哪里？应该是又回去工作了吧。

"尤利克？"

茱莉叶特出现的时候，他只来得及拿被单裹住自己。她像一只已经懂得独自觅食的漂亮小水獭，一脸好奇又担心的表情。

"我……我正要去泡澡。"他一边说，一边指着浴室的门。

她露出微笑。

"可是浴缸又不在那里！"

她说得没错，最大的那间浴室在公寓的另一头。

突然，他看到茱莉叶特的目光停留在他散落在地毯上的衣服上，也看到又皱又乱的被单。他发现她迷人的脸正在涨红，同时感到一股热意袭上自己的脸颊。她掉头跑向她的房间。他听见房门"砰"的一声关上了。

他觉得愧疚。这种事谁想得到？茱莉叶特不应该这么早就放学的。玛希·雅莉克丝离开之前应该先叫醒他的。在这种情况下，到底该怎么做才比较得体，他完全没有概念。

他没有征求玛希·雅莉克丝丈夫的允许就亲近她——在家乡的话，他就会这么做。可是那个人或许已经不是她的丈夫了，他在这一点上从来就不是很清楚。而且，他知道茱莉叶特和托马还是继续和他们的父亲来往。茱莉叶特会不会以为他——尤利克——即将成为他们的母亲的新丈夫？因为他的族人没有什么其他的仪式，只要家人同意，接下来就一起住在同一个屋檐下了。

可是他不能当玛希·雅莉克丝的新丈夫，因为他想回到因纽特人的国度。与此同时，当他想起她裸身贴着自己，想起做爱时她的轻声喘息（和他在旅馆遇到的那个年轻女人完全不同），他的心里就会一阵悸动，但又觉得很快乐，也很骄傲，因为自己穿透了一个如此珍贵又迷人的女人的身体。

他终于走进浴室，真的开始在浴缸里放水了。他一边看着热水在浴缸里冲出漩涡，一边在那儿胡思乱想。一只塑料做的小鸭子从浴缸边上滑了下来，漂浮一阵子之后，随即消失在水龙头喷出的瀑布底下，接着又在稍远处浮出水面，然后再次陷入漩涡里。

此情此景，仿佛有个灵想要向他显现此刻他的处境。我就是这样，他心想，在这片异国的土地上，几乎无法主宰自己的命运，就像这只小鸭子随着水波不停地晃荡。

7

"我们被邀请了。"玛希·雅莉克丝说。

"我们？"

"对呀，您和我。我毕竟是您的地陪。"

她隔着喝咖啡用的碗对他微笑，然后把邀请卡递给他。

邀请卡上印了一头驯鹿，或是什么很像驯鹿的动物。驯鹿的下方写着总裁——就是建立了石油勘探基地的那家公司的总裁——很荣幸邀请他俩出席他们团队的晚宴。

"他想要'收编'您。"玛希·雅莉克丝说。

"对不起，我没听懂。"

"他想要……让您高兴，然后您就会站在他的那一边。"

"为什么？"

"为了他企业的形象啊。您知道的，尤利克，石油公司在这里的形象都不太好。相反，大家都对你们因纽特人有好感。所以石油公司才会捐这么多钱给联合国教科文组织去保护你们的部落。他们要在那里设一所学校、一个医务所……诸如此类的。"

尤利克陷入沉思。这一切说是要保护他部落的事，在他看来反而威胁着他的部落。他想起首领在电视上真正说的那段话。喀卜隆呐克人别有意图，可是他们的行为举止却像《熊和园艺师》这则寓言故事里的那头熊，它想要保护主人不受苍蝇干扰，结果却杀了自己的主人。

玛希·雅莉克丝又看了一次邀请卡。

"噢，原来我们可以去参加打猎，然后晚上才是酒会，之后是晚宴。"

"这是一场打猎的活动？"

一股兴奋的电波袭遍他全身，终于有一桩令人振奋的事了。除了女人，打猎对一个真正的因纽特人来说，是生命里另一个最重要的元素。石油公司的总裁真是个聪明人。

"是啊，您可以看到，我们要猎捕的那种动物就画在这上面。"

"用猎枪吗？"

"不是，是用围猎的。有狗，还有马。噢，这么看来，您好像很感兴趣。"她笑着说。

说也奇怪，他们对话的方式跟以前一模一样，继续以"您"相称，仿佛他们并不曾上床缠绵好几回。前一夜，玛希·雅莉克丝很晚才回到家——她说她去参加了一场应酬的晚宴——然后他们很快就让激情取代了一切，根本没说上几句话。一个喀卜隆呐克女人从来不说爱，这是正常的吗？然而根据他前一夜在电视上看到的，这似乎是她们的一种习惯。

他在等玛希·雅莉克丝回家的时候看了一集很长的电视剧，有个发型很漂亮的女人正在对一个头发花白的男人说，她想知道"他们要往哪里去"，可是他们一直待在同一个房间里打转。后来他才搞懂，她要男人告诉她的是他们之间的关系"要往哪里去"。接着他开始随便换台——轮番轰炸似的广告和音乐短片，和一些几乎衣不蔽体的妙龄女郎的目光交会，每个人看起来都是一脸的春情荡漾——他无意间看到一个节目，里头有好几个年轻女人在谈她们怎么样才会爱上一个男人，还描述她们想要的男人的典型。他发现几乎所有女人都希望她的男人"擅长运动"。他听了很放心。擅长运动，他觉得自己应该就是这一类型的吧，因纽特人的"好猎人"应该就是这里所谓的"擅长运动"的同义词吧。她们也希望她们的男人"有幽默感""有毅力"，还要"善解人意"。毅力，他知道自己一点也不缺，不然他这个孤儿也活不下来。至于幽默感，他就比较不确定了……他当然也可以让玛希·雅莉克丝发笑，只不过有时候并不是故意的。至于善解人意，他不知道这指的是不是一般的理解能力——如果是的话，那么打从他抵达，他就完全感觉不到自己善解人意——或者指的只是猜出女人心里的渴望和感觉的能力。可是就算是后者，他也觉得自己很匮乏，他之所以看不起自己，首先是因为他完全不明白在旅馆遇到的那个年轻女人的意图，而且他直到事情发生了才发现玛希·雅莉克丝对他有好感。不过，当然啰，他可以努力让自己进步——就像渐渐明白猎物的习性和反应，成为一个好猎人——只是他缺乏可以观察学习的模范，就像小时候在村里那样。

　　这些女人上电视谈她们对男人的期待，看起来似乎很开心，可是这个主题透露出她们都是独自一人。她们为什么不会觉得悲伤或不好意思呢？在因纽特人的国度，她们的孤独意味着她们有缺陷、个性不好，或是她们没有能力把丈夫照顾好。可是会不会是上电视的欢乐遮掩了她们的悲伤？还是她们猜想面带微笑比较容易吸引男人？因为他也留意到，所有看这个节目的人都可以打电话进去给她们。有个微胖的金发小女人特别让他感兴趣，她说她喜欢"自然、野外的空气、闲逛、出国旅行"。这一切都让他觉得，她应该不讨厌在因纽特人的国度生活吧。他在脑子里玩味了一下"打电话给她"的这个念头，可是这里有玛希·雅莉克丝，那里有呐娃拉呐娃，他知道打这通电话并不实际。他乱看电视的娱乐最后是被托马打断的，托马一放学回家就立刻要尤利克再讲一次猎捕北极熊的故事。他渐渐明白托马有什么问题了：只要对一个主题产生兴趣，这个小男孩就会没完没了地一提再提。他讲这个故事讲得有点倦了，而且一再重复这个故事，他害怕又会吵醒被他触怒的纳努克之灵，可是托马一点都感受不到他的犹豫。前一天晚上也一样，托马跟他讲了好久的天文学，这是托马的爱好之一，对他细数地球和每一颗星星的距离。除此之外，托马是个很乖的小孩，只是对周围的事物不够注意，没办法成为一个好猎人。不过话说回来，托马也根本不需要成为一个好猎人。

"这场打猎，我可以骑到马上吗？"他在喝早餐咖啡的时候问了玛希·雅莉克丝这个问题。

他已经在照片上看过骑马的人和他们的马了，他觉得看起来并不难。

"可是尤利克，您从来没骑过马呀！"

"我是没骑过马，可是我驾驭过雪橇犬。我可以找一匹马，打猎开始之前，先去试一下。"

玛希·雅莉克丝有点犹豫，可是尤利克同时也感觉得到，他渴望骑马这件事让她很高兴。每次他看起来开心的时候，她似乎也很快乐。这就是爱，想到这里，他的心里突然微微一震。

这时，茱莉叶特走进厨房，一脸快快不乐、没睡好的样子。他刻意不去看她，不只是因为昨天她发现的事，还因为他觉得她有点太漂亮了，而且这天早上，他觉得她的身体在她穿着睡觉的棉织薄衫底下，看起来有点太暴露了。他在玛希·雅莉克丝的房间里碰到她的事，她跟她母亲说了吗？他跟玛希·雅莉克丝只字未提，现在他发现自己错了。

茱莉叶特坐了下来，看了他们两人一眼，用的是那种可以归类为奸诈的眼神。

"睡得好吗？"她问道。

问题似乎是同时对两个人提出的。

"很好啊，你呢？"

"噢，还好啦。"

她给自己倒了咖啡，加了牛奶，然后用两手端着碗开始喝，仿佛在这个别扭的早晨，这只碗对她来说实在太重了。喝咖啡的时候，她的两眼始终直盯着尤利克。尤利克则是把目光转到别处。

"您要留在这里吗？"她突如其来地问了他。

"留在这里？呃，我不知道……"

"茱莉叶特，尤利克是我们的客人。"

"我们的客人还是你的客人？"

"茱莉叶特！"

玛希·雅莉克丝的脸色发白。

"茱莉叶特，如果你有什么话要对我说，我们可以等一下再说，不必把大家的早餐都搞砸。"

茱莉叶特咕哝着。

"礼貌，每次都是礼貌。"

　　"很好。还有，不要在咖啡里加太多牛奶，你自己知道，等一下你就会消化不良了。"

　　茱莉叶特故意继续往碗里倒牛奶。这时，托马走进厨房，亲了每一个人，一个接着一个。

　　"妈妈早安，尤利克早安，茱莉叶特早安。"

　　就连托马这么专注于自己内心世界的小孩都觉得厨房里的气氛有点僵。他坐了下来，看着大家。

　　"怎么了？我做了什么事吗？……"

　　"没事，没事，托马。"

　　"好吧！"

　　他开始仔仔细细地给烤面包涂上奶油。所有人都望着他，借此避开其他人的目光。

　　"尤利克，你讲熊的故事给我听好不好？"

　　这一次，尤利克很高兴可以再讲一次同样的故事。

Chapter *3* 从你的世界
抽离

这到底是个什么样的疯人世界，这样的女人
怎么会被遗弃在孤独里？

1

　　"我的北方来的小礼物。"她一边说着，一边轻抚他的脸颊。

　　孩子们都上学去了。他们又躺在床上，依偎着对方。她对他轻声说着温柔的情话，他则是贴近她，看着她蓝色的眼珠，看着她在粉红色的嘴唇间闪闪发亮的牙齿。粉红色、白色、蓝色，他开始非常欣赏这种新的和谐状态。

　　她继续喃喃低语："我的北方来的小礼物不太知道该对一个疯疯的喀卜隆呐克大女人说些什么。"

　　"我的南方来的大礼物。"

　　她笑了。

　　"如果我想得没错，我们进行的事情就是在交换礼物。"

　　"事情是应该这样，"他说，"两种文化之间如果没有交换礼物，就不会有和谐的关系。"

　　她笑了，接着沉默不语，脸上飘过一团轻飘飘的云。

　　"在担心什么事吗？"他问道。

　　"茱莉叶特。"

　　"您得跟她谈一谈。"

"要跟她说什么呢？"

他不知道该如何回答。

"跟她说……说我很喜欢她，说我是不会伤害她的。"

玛希·雅莉克丝笑了。

"噢，可是我不认为她是在怕这个。"

他知道自己不太明白喀卜隆呐克的家庭是如何运作的。

"那她为什么看起来不高兴？"

玛希·雅莉克丝望着他。

"因为……噢，您别再担心这件事了，这不是您的问题。我会跟她谈一谈，我最近太少见到她了。"

"那她的父亲呢？"

"他不会有任何意见的，这个蠢货！"她望着天花板，声音突然变大了。

尤利克从来没听过"蠢货"这个字眼，不过他感觉得出来，这不是赞美。她又望着他了。

"北方来的小礼物，您别为茱莉叶特担心了，也别为我担心了。"

"南方来的大礼物，只要我看到你们露出微笑，我就不会为你们担心了。"

可是她不再微笑了。她支着手肘把身体撑起来——正好让他看见她迷人的小乳房。

"我在想……或者该说我都没想过，联合国教科文组织会不会赞成我们交换礼物。"

"我是世界人类遗产，不管我做什么，都会被认为是对的，是好的。"

她又笑了。

"北方来的小礼物很快就了解了喀卜隆呐克人的世界了。可是南方来的大礼物会被人家说得很难听。"

"南方来的大礼物在她的网子里捞到一个可怜兮兮、迷失方向的因纽特人。"

她的身体一颤。

"是这样……您是这样看事情的吗？"

"当然不是，玛希·雅莉克丝，我是开玩笑的。"

"对不起，是我自己白痴。"

"您永远都是我的南方来的大礼物。"他一边说着，一边把她拥在怀里。

"好吧，我比较喜欢这样。"

他紧紧拥着她，他感觉到她的脸颊贴着他的脖子，近得连她的声音都闷住了。他发现她哭了。

"玛希·雅莉克丝？"

她吸了吸鼻子。

"对不起……我已经很久没这样了。"

她流泪是因为已经很久没有男人将她拥在怀里了。

当尤利克感觉到她的眼泪濡湿了他的脖子时，他心想，这到底是个什么样的疯人世界，这样的女人怎么会被遗弃在孤独里？

2

稍晚她出门去买东西的时候，电话铃响了。通常玛希·雅莉克丝不在家的时候，他会让录音机启动，可是这次他在某种反射作用的驱动下，想都没想就把电话接了起来。

"喂？"

是一个男人的声音。

他觉得尴尬了，心想是不是最好不要出声，然后赶快把电话挂上。男人继续说。

"您是尤利克吗？"

他非常惊讶，照理说，应该没有人知道他待在玛希·雅莉克丝家呀。

"是啊，我是。"

"啊，我是艾克托医生。"

"艾克托医生？"

"是啊，我是托马的心理医生，他经常跟我提起您。"

"他是个很乖的男孩。"

"可不是吗！是这样的，我想跟您见个面。"

就一个专业的医生来说，艾克托医生看起来算是年轻的。艾克托医生戴着一副圆框眼镜，蓄着小胡子，想事情的时候经常捻着胡子。如果要跟您谈话，艾克托医生会坐到书桌旁边，这样在你们之间才不会有障碍物。玛希·雅莉克丝跟他解释过，在喀卜隆呐克人的医生当中，还有一些传统领域之外的专业，艾克托医生的专长就是照顾人们的心灵。尤利克问过："艾克托先生会不会召唤祖先的灵或动物的灵，或是某位神明的灵？"

"不会。有些心理医生会召唤梦境。也有些心理医生会开药给病人吃。还有一些心理医生会告诉病人，他想事情的方法哪里是不合理的。"

"您的意思是，就算在这些专家当中，也还有不同的专家？"

"是的。"

"可是这样怎么知道哪一种心理医生适合你们呢？"

"这确实不容易。通常我们得试过好几个才找得到。不过在所有医生当中，托马跟艾克托医生最合得来。"

尤利克很快就知道为什么了：艾克托医生看起来是真的对别人告诉他的事情感兴趣，他不会让人觉得他的亲切是装出来的——他在这里遇到不少人也很亲切，不过都是装出来的。

尤利克一边告诉艾克托医生自己如何来到这个国家，一边以目光逡巡摆满了书的书橱，他还留意到几尊神或女神的小雕像，可是它们既不像因纽特人也不像喀卜隆呐克人。突然，噢，一个惊喜，他在两本书之间看到一只因纽特的雕像，那是一只石雕的熊，正在变形长出两只大翅膀，在背后伸展开来。

"这是我从魁北克带回来的。"艾克托医生说，"您的部落有雕刻师吗？"

尤利克回答说有，心里想着下次要带一只独角鲸的长牙做的雕像给艾克托医生。

"好的，我要说了，"艾克托医生说，"我不知道您有没有发现托马是个有点特殊的小孩？"

"有啊。他对他脑子里想的事很专心，却会忘记身边发生的事……"

"这个讲法很好。"

"……他也很喜欢重复说同样的事，或是听人重复说同样的事。我应该至少讲了六次猎熊的故事给他听了。"

"是啊，他也至少说了这么多次给我听。"艾克托医生带着微笑说，"可是，如果我的理解没错的话，你们打猎是不用猎枪的吧？"

尤利克解释说，事实上，他的部落是世界上最后一个不用火器的部落。对他来说，这是一个值得骄傲的理由，可是艾克托医生还想知道更多。

"为什么是对您来说，对其他人来说不是吗？"

"因为我们的首领决定要这样。"

他们的首领年轻时见到发生在南方的因纽特人身上的一切——他们接触了喀卜隆呐克人。于是，他决定将他的部落向北迁移，不论任何事情都不要倚赖喀卜隆呐克人，他的部落要继续过和祖先一样的生活。

"他认为我们如果开始用猎枪，那就是我们文化灭亡的开始。"

"我想全世界任何地方都有拿破仑，因纽特人的部落也不例外。"艾克托医生叹了一口气。

尤利克知道拿破仑是一个伟大的领袖；他觉得这应该是个赞美。

"我们回头来谈托马，"艾克托医生说，"我相信您对他可以产生好的影响。他来就诊的时候，我试着训练他去关注发生在他身边的事，包括对我。我相信您也可以帮助他。"

"他的父亲会管他的事吗？"

"嗯……这个问题很难回答。就诊的费用是他父亲付的，可是我觉得他不太管托马的事。他的新妻子也是，在我看来她不是很有母性。我想他们觉得照顾托马很累；他去他们家度周末的时候，他们都让他一个人玩，反正托马刚好也有这样的倾向。"

他试着想象这个画面：一个孩子在自己玩，身边没有其他的孩子！这就像把自己一个人关在房里，真是太不正常了。

"可是为什么托马会这样？是因为他的父母不在一起了吗？"

"我有些同行会告诉你，是的。不过我不认为。我觉得托马一直都有这种从他的世界抽离的倾向，不过，当然啦，他父亲的离开对这一点是没有任何帮助的。"

尤利克非常好奇，他想知道更多关于托马的父亲的事，可是他心想，问这种事会不会不太得体。不过艾克托医生似乎是无话不谈，于是他鼓起勇气：

"可是为什么他会跟一个像玛希·雅莉克丝这样的女人离婚呢？"

"嗯，这个问题有很多的答案。不过如果您想听我的看法，那是因为他想要感受到自己被一个比玛希·雅莉克丝年轻又没她那么聪明的女人崇拜。男人很喜欢感受自己被人崇拜、被人尊敬的感觉——我想因纽特人应该也是这样吧，而跟一个认识您太久的女人在一起，这种事太难了。"

"我明白了，可是他为什么不留下玛希·雅莉克丝？"

艾克托医生露出微笑。

"噢，那是因为她不会想要这样！在这里，女人是不会接受跟人共享一个男人的。因纽特人不是这样吗？"

"因纽特女人也不喜欢这样，不过如果您是个好猎人，有时您可以拥有两个妻子。一个比您优秀的猎人也可以从您那里带走一个，甚至两个都带走。"

"哇，真想不到！那这种方式一直都没问题吗？"

"不一定。您可以向对方提出决斗的要求，如果您打败他，女人就跟您走。不过她也可以拒绝。有时候这其中还掺杂了嫉妒的因素，而且有时候会有人杀了另一个人。"

"我还以为因纽特人没有嫉妒这回事呢！"

"对啊，好奇怪，这里有不少人都这么想，已经有人这么跟我说过了。可是事情并非如此。"

想到呐娃拉呐娃独自一人和那个爱吹嘘的库利司提沃克待在一起，他的心又痛了起来。

"所以你们也有离婚这种事啰？"艾克托医生问道。

"有啊，不过我们很快就会再结婚，一个女人总是可以找到一个想娶她的男人。所有人都知道男人不能没有女人，不然他就会冻僵。单身的男人有可能还会给别人的家庭带来麻烦。而且没有女人，怎么会天天有合适的衣服可以穿去打猎呢？一个女人的单身状态永远不会太久。女人永远不会一个人生活。"

"嗯……我懂了。"艾克托医生说，"在这里，事情很不一样。在这个城市里，差不多有一半的女人都是自己一个人生活。"

尤利克花了好几秒才消化了这条信息。有几百万个家里没有男人，那些女人在夜里都是独自一人躺在床上。

"可是……她们没有丈夫吗？"

"有些人曾经有过，有些人没有。"

"怎么可能有这种事？"

"噢，这个问题有点复杂。第一个原因应该是婚姻不再是一定要的了。"

"它以前是吗？"

"差不多是。女人以前需要一个丈夫才能离开原来的家庭，才能保障她们还有未来的孩子的生活……而男人如果想跟女人上床的话，也一定要把她们娶回家！"

他开始明白了。在这里，似乎可以跟女人上床而不必把她们娶回家，也可以跟比较年轻的女人离开而不必留下原来的。

"所以，这是男人的错啰？"

"事实上，这个问题还要更复杂些。"艾克托医生说，"跟从前完全不同的，还有避孕的方式。从前女人会害怕，她们很怕没有结婚就做爱，因为她们有可能会生下小孩。现在，她们已经从这个担忧之中解放出来了。"

艾克托医生向尤利克解释什么是避孕药。尤利克想起他和嘉桑特在一起时的新发现：保险套。

"那因纽特人呢？"艾克托医生问道。

"因纽特女人只有在夏天才来月经。也就是这个时候，太阳永远都不会下山，这是所有人最想做爱的季节。不过对我们来说，我们的人口太少，所有婴儿我们都很欢迎……"

"拥有一个真正属于爱的季节……"艾克托医生一副若有所思的表情。

"……除非发生饥荒。"

他不敢告诉艾克托医生饥荒的时候会发生什么事：他们不得不杀死一些婴儿去拯救其他的婴儿。他从来没见过这种事，不过他知道族人有这种做法。显然喀卜隆呐克人已经很久没遇过饥荒了，可是在这个大城市里，他却很少看到小孩。

"为什么你们不多生一些小孩？你们的社会看起来这么富裕！"

"问得好，"艾克托先生说，"……可是我想下次再谈比较好，因为今天下午我还有几个患者要看，有不少都是独自生活的女人，真巧。"

3

　　尤利克回到玛希·雅莉克丝的公寓，她给了他一副钥匙让他可以随意出入。他在楼梯上碰到邻居，他现在已经习惯对人们微笑，对人们说"你好"，但不会继续说下去。他刚走到门房的时候，门就打开了，门房太太随即出现：

　　"有一封信应该是给您的。"玛丽亚说。

　　玛丽亚的个子不高，有一点胖，有些因纽特女人的身材就像这样（当然了，无人能比的、修长的呐娃拉呐娃不是这样）。

　　她递给他一封盖了邮戳的信，信先是寄到联合国教科文组织，然后又被写上玛希·雅莉克丝家的地址。他很惊讶。

　　"我在电视上看到过您。"玛丽亚说。

　　"对我来说，那不是好的回忆。"

　　"怎么会呢，您表现得很好。而且，我很喜欢您提到女人嚼皮革的事，我心里想，这应该可以止住饥饿感吧，这可是个减肥的好方法，而且，还可以给自己做几双漂亮的靴子！"

　　"你别再烦尤利克先生了。"一个雄性的声音从门房里头传了出来。

"我哪有在烦他，我们在聊天，你不会懂的。"

米盖尔出现了，跟平常一样带着一脸睡意。他晚上在一处永远不停工的工地工作。

"我很喜欢那篇报道。"米盖尔说，"你们捕鸟的方法太厉害了。您看过人家捕斑尾林鸽吗？"

"没有。那是一种鸟吗？"

"是啊，长得像大只的鸽子。我们也一样，我们用网捕鸟，都是在山里，在我们国家的边界那里。"

"你们可以捕很多吗？"

"好年头儿的话，是很多。我们得好好聊聊这个话题，您找一天过来喝一杯吧。不过现在我得去睡了……"

他转身去睡了，玛丽亚也没再拖着尤利克。尤利克一边上楼，一边激动地把信封打开。那是宽南威萨亚克（住在南边，做翻译的那个因纽特人）写来的。

亲爱的尤利克：

这里一切都好，只是事情在继续改变。石油基地又扩大了，你的村子只好搬到山丘的另一边。喀卜隆呐克人说要把雪地摩托车借给你们，帮部落搬运东西，可是你的首领拒绝了。他非常不高兴。库利司提沃克从喀卜隆呐克人那里弄来一把猎枪，他去猎麝牛，一天到晚在吹嘘。

你离开之后，村子里多了两个新生儿，不过其中一个死了。石油基地的首领说要叫他们的医生经常来村子里帮所有有需要的人还有小孩看病，首领又拒绝了，不过这一次，女人们都不同意，她们很生气，最后首领只好让步了。你看事情的变化有多大。

随信附上某个思念你的人送的东西。赶快回来吧。

愿所有的灵都与你同在！

宽南威萨亚克

他仔细看了看信封底部，三根海雀的小羽毛，都是精挑细选的，用一绺头发束在一起。呐——娃——拉——呐——娃——。

这栋住宅大楼的住户从来没听过因纽特人在楼梯上大吼的声音，不过一次就够让他们毕生难忘了。就像五楼的两只约克夏犬，从这一天起，它们一听到尤利克走上楼梯的脚步声，就会开始低声哀鸣，躲到家具底下。

4

走进家门的时候，他听见茉莉叶特的房里传出音乐声。他决定去跟她谈一谈，因为他受不了和一个让他感觉到敌意的人生活在同一个屋檐下。而且，他跟艾克托医生的谈话让他产生了自信。如果他帮得了托马，为什么他不能帮茱莉叶特呢？

他推开茱莉叶特的房门，吓了一跳：茱莉叶特跟一个同龄的女孩在一起。两个纤瘦的年轻女孩懒洋洋地直接坐在地毯上，光着脚丫，应该是正在讲一些秘密。这模样跟因纽特少女没什么两样，或者该说，世界上任何地方的少女都是这样。

"尤利克，你应该先敲个门吧。"茱莉叶特一脸不屑地对他说。

他愣住了。他忘记敲门了，他忘记用这个奇怪的喀卜隆呐克人的习惯预告他来了。

在因纽特人的国度没有这回事：想找谁就去找谁，走进他家就是了，不需要任何仪式。

"对不起。"他结结巴巴地说。

茱莉叶特的朋友对他微笑。

"您好，尤利克！"

她比茱莉叶特长得高，棕色的长发，鼻子小巧到几乎跟因纽特女人的鼻子一样短，鼻子周围是一片漂亮的雀斑，两眼带着笑意，眼珠是亮晶晶的棕色，像那种名为"威士忌"的烈酒，她的头发也有这种光泽。她仿佛是茱莉叶特所属的人种的变种，一头比较不怕生、比较懂得怎么跟人玩游戏的漂亮小野兽。他留意到她穿着一件很短的T恤，短到有时候都看得到她的肚脐——像一道小切口出现在她光滑的肚皮上。她转头对茱莉叶特说：

"在爱斯基摩人里头，他算是高的，对不对？"

"尤利克，刚才在楼梯上大叫的人是你吗？"

天哪，她们听到了。他不知道该怎么回答。

"尤利克，您好，我叫狄安娜。"

"您好，狄安娜。"

"尤利克，你别来烦我们好不好？"

"喂，茱莉叶特，我觉得你对尤利克很凶耶。"

茱莉叶特叹了一口气，站起来，往门口走去。

"好啊，很好，如果你们想聊的话，聊吧，我有一通电话要打。"

现在他坐在地上，面对狄安娜，他试着不去看她的肚脐，不过实在很难，因为他不看那里就会看到她的微笑，或是在她T恤底下鼓胀的乳房。为什么这里的女人要这样展示她们的身体？

"我在电视上看到过您。"她说。

"哦，是吧，好像很多人都看到了。"

"茱莉叶特跟我们预告说您那天会上电视，我觉得您说的事好有意思。"

"真的吗？我自己觉得不是很有意思。"

"才不会呢！"

"哪里有趣呢？您说说看。"

"我……我也不太记得了，可是就是很有意思啊。而且你们部落的生活，还有打猎，这一切都很有意思。而且最后那个很漂亮的爱斯基……哦，对不起，因纽特女人，您认识她吗？"

"认识。"

"啊，当然啰，我真是白痴，那是你们的部落，所有人都互相认识。"

"不，您绝对不是白痴。"

"噢，您人真好！真希望我的老师都像您一样！"

他问她以后想从事哪个行业。

"噢，我还不知道。我有个男朋友在广告圈，说不定我也可以去这个圈子工作。"

他问了她"男朋友"是什么意思。

"所以，你们会结婚吗？"

"噢，我不知道。我们已经在一起两年了，不过我不想立刻做决定。"

他不明白：如果狄安娜跟她的男朋友处得很好，那为什么不结婚呢？狄安娜捂着嘴巴笑了，她的反应跟一般的因纽特少女简直一模一样。

"我不知道，不过我想我应该是觉得我还有其他的事情要经历，要不我怎么会知道他就是对的男人呢？"

他明白了，一个喀卜隆呐克的年轻女孩要跟一些男人交往，直到她找到"对的男人"。那么如果她在跟第四个对象交往的时候，发现其实第一个交往的对象才是"对的男人"，那该怎么办？还有，她对丈夫到底有什么期待？他正打算提出这个问题的时候，茱莉叶特就回来了。

"好啦，你们彼此认识了吧？"

"当然啰，我觉得你的朋友尤利克好亲切噢。"

"好啊，那就好。现在，尤利克，你可以让我们两个独处了吗？"

　　他走了，留下两个年轻女孩在门后头继续她们的窃窃私语。或许她们以为尤利克听不到，可是有谁的耳朵会比一个因纽特人的耳朵更好呢？

　　"哇噢！他真是超性感！你妈会这样，我懂！"

　　"你有完没完？"

　　他回到他的房里，脑子里还留着那个迷人的肚脐在他眼前舞动的画面，宛如在春天绽放的美丽花朵。他叹了一口气，往床上躺下去。这里的生活比他想象的更让人害怕。因为在这个国家，你会不断遇到新的女人向你展示身体，要怎样才能让心情维持平静呢？而这些女人，在茫茫人海里，她们怎么有办法找到"对的男人"？

5

　　除了他以外，整张开会用的大圆桌旁坐的都是女人。十三个女人，他数过了，有的漂亮，有的没那么漂亮，不过每个女人看起来都很开心，也很兴奋，因为今天会议的主题就是他，尤利克。

　　玛希·雅莉克丝坐在他右边，准备帮他挡掉太直接的问题，或是万一有他听不懂的话，她可以解释给他听。他在电视台遇见过的那个石油公司的媒体公关主任弗萝伦丝也在，他觉得她头发的颜色似乎比上次见面的时候淡了一点，脸则是一样清爽，化着细致的妆。她讲话的声音就一个女人来说算是大声的，甚至不时还会打断另一个女人的话。薇薇安应该就是这家女性杂志社的首领，此刻他们占用的宴会厅就在杂志社大楼的顶楼。

还没走到宴会厅他就已经吓呆了，因为他一路走过的走廊两侧都是办公室，里头坐的全是女人。放眼望去，连一个男人都没有。他看见她们每个人都放下工作，看着他在玛希·雅莉克丝和弗萝伦丝的陪伴下走过。

"有趣的是尤利克的目光，他会怎么看这里的女人？我已经想到一个标题了：'尤利克：他怎么看我们'。"一个尖嗓子的金发小女人说着。

"或许可以，不过这样就要他先解释一下因纽特女人是怎么样的，不然也没什么意思。"另一个有棕色鬈发的女人似乎不怎么欣赏金发小女人的见解。

"噢，这我就不知道会不会真的对女性读者有吸引力了。"一个年纪稍长的女人这么说，她似乎也是什么首领。

"我们杂志的任务就是要为我们的女性读者拓展新的视野。"杂志社的首领薇薇安说，"在一个被列为世界人类遗产的部落里的女人的处境，这很有意思。对不对，玛希·雅莉克丝？"

玛希·雅莉克丝慢了一点才反应过来，所有人都看着她。

"对不起……是啊，当然是这样，因纽特女人的生活很有意思。"

"那为什么不邀请一个女人来？"另一个女人问道，这个人看起来似乎从一开始就不高兴到现在。

"这个好，一个女人！"其他女人高声叫着，"一个女人，这个好玩！"可是弗萝伦丝打断了她们。

"我们现在有一个他们的代表在这里，他愿意来到这里。我们总不能把整个部落都请到这里吧。而且尤利克的表达很流利，他是最理想的见证人。这我们先前就说过了。"

"你们有办法邀请一个女人来吗？"尤利克问道。

所有人都安静下来。他心里想着呐娃拉呐娃。

"我不认为有这个必要。"首领薇薇安说，"我们的女性读者会对您的观点很感兴趣。"

"'他怎么看我们'。"金发的小女人又说了一次。

她有个小小的尖鼻子，还有一脸雀斑，这让她看起来有点像小孩，一个不乖的小女孩。

"好，"薇薇安转头对她说，"你来负责这次访谈。"

"没问题。"金发的小女人说，"尤利克，我们再约时间。"

"我想我一起参加会比较好。"玛希·雅莉克丝说。

"会吗？"金发小女人看起来不太高兴。

"这样很好，"薇薇安说，"而且说不定您会有一些有趣的问题，玛希·雅莉克丝。"

"我也想参加，"弗萝伦丝说，"这个访谈对你们和我们一样重要。"

"这已经不是访谈了，简直就是记者会了。"金发小女人咕哝着。

"如果你不想做，我相信有很多人很愿意。"薇薇安说。

大家都静了下来，金发小女人红着脸说："OK，OK。"

这时候，棕色鬈发的女人转头看着尤利克，问他：

"尤利克，我们都没有问您的意见。话说回来，您是怎么看我们的？"

全场鸦雀无声，大家都看着他。他也看着大家——漂亮的和没那么漂亮的，聒噪的和安静的，温柔的和难搞的。他想到那些没有男人的办公室，心想她们有一些共同点。

"我觉得……"他开始说了。

该怎么跟她们说这个，又不会伤人呢？

"说呀，尤利克，告诉我们您到底是怎么想的。"薇薇安说。

"也别全说出来呀。"弗萝伦丝笑着说。

"有什么关系呢？"金发小女人说。

他又沉默了一下。有了，他知道该怎么说了。

"我觉得你们可以没有男人，你们已经学会不要男人也可以生活。"

全场的女人面面相觑。

"女孩们，我找到一个好题目了。"薇薇安说。

Chapter 4 面对孤独的
勇气

不论是不是自己选择的，面对孤独都需要很
多勇气。

1

"尤利克，您觉得西方女人怎么样？"

"很漂亮。"

"谢谢。可是因纽特女人不漂亮吗？"

"当然也很漂亮。不过两种不同的风景可以都很美丽。"

"在您看来，一个因纽特女人在这里生活会快乐吗？"

"我想她会很快乐，因为她会发现你们这里有一大堆美容用品。在我们那里，女人们也试着制造一些美容用品，可是她们的选择不多，只有一些动物的油脂。"

"她们还会喜欢什么？"

"她们可以学一项专长、一门职业，像你们一样。不过或许她们并不想。"

"为什么？"

"与她们过去的习惯不一样，而且如果她们跟男人有一样的职业，那要男人做什么？"

"可我们这里就是这样啊，您也看到了，女人和男人可以做的职业几乎一样。"

"是啊，我很清楚。我知道在这里的职业里，女人可以和男人做得一样好。甚至在我们那里也一样，有些女人也很会驾驭雪橇犬，她们很有勇气。"

"您觉得这里的女人也跟因纽特女人一样有勇气吗？"

"那不是同样的勇气。因纽特女人必须面对寒冷、饥饿，经常还要面对她们新生儿的死亡，而且，当她们离开营地的时候，碰到一头熊也不是不可能的事。"

"那这里的女人呢？"

"我可以把我想的讲出来吗？"

"当然可以，尤利克。"

"我觉得这里的女人很有勇气面对孤独。就算是我，刚开始的时候，对我来说，要一个人留在房间里都是很困难的事：这种事在我的家乡几乎不会发生。可是我知道在这里，很多女人都独自生活，没有男人。"

"可是，这可能是她们自己选择的。"

"或许是，不过不论是不是自己选择的，面对孤独都需要很多勇气。这和面对寒冷或面对一头熊需要一样多的勇气，就算是不一样的勇气。"

"那在您看来，为什么她们会独自生活？"

"我不知道，我还没完全了解你们的文化。"

"您没有一点想法吗？"

"我想这里的女人没让人觉得她们需要保护，所以，或许男人就觉得他们不必留下来。"

"您认为留在一个女人身边就是为了保护她吗？"

"在我的家乡是这样的。不然她们怎么会有东西吃呢？不过，当然，如果我们还能爱这个女人就更好。总而言之，在我的家乡，女人应该结婚、生小孩，我们的人口太少了。"

"所以您觉得这里的女人和因纽特女人很不一样。"

"外表上当然很不一样。在这里，女人说的话比较多，我甚至看过女人指挥男人。"

"那么，她们就不再需要男人来保护她们啰？"

"我不知道。我相信她们或许有需要，可是这已经变成只是一种感觉了。我相信她们喜欢感觉受到保护，就算她们已经不需要了。不过说不定这里的男人已经不知道该怎么做了。"

"可是您不觉得女人也可以保护男人吗？"

"当然可以。譬如，她们不停地帮我们修补衣服，保护我们不会受寒。"

"当然了，不过当您悲伤的时候，或是您不知道如何从某种情况中抽身的时候，她们也可以保护您。"

"或许吧……有些女人比较懂得保护别人。有时候，当男人觉得自己脆弱的时候，她们很懂得如何安慰人，这是真的。可是男人平常最好还是表现出强悍的样子。"

"您有可能爱上这里的女人吗？"

"有可能啊，不过我在家乡已经有未婚妻了。"

"如果没有呢？"

"我应该会坠入爱河吧。"

"因纽特人坠入爱河的时候会怎样？"

"我们会不停地想着我们爱的人，看到她的时候会觉得很快乐，离开她的时候会觉得很痛苦，我们会害怕她喜欢上另一个人，我们工作的时候很难集中精神。"

"嗯，和我们这里也很像。"

"这是有可能的。不过一个男人爱得太多不是一件好事。"

"为什么？"

"因为他有可能失去他的力量，变成一个比较差的猎人，或是被他的女人指使。"

"您有可能让一个这里的女人指使您吗？"

"这里的女人的确常常有指挥人的习惯。我不知道。我或许会不太习惯吧。在这里，我没有工作，所以如果是她养活我的话，那她就可以指使我。可是我不知道我们有没有办法再继续相爱。"

"为什么？"

"因为一个女人要爱一个表现得不强悍的男人比较难。让人想不想做爱是基于这一点。"

"因纽特女人是这样的吗？"

"是啊。这里的女人我就不知道了……我不知道她们坠入爱河的原因是什么。"

"在因纽特丈夫和因纽特妻子之间，爱还是很重要吗？"

"是啊，当然是。可是如果男人和女人之间没有好的交换规则，爱也不可能持续。每个人都得开心才行。在我的家乡，每个人都知道自己的角色。"

　　"在我们这里不是吗？"

　　"我还不了解你们男人和女人之间的交换系统。当然不是说它不存在，只是不管怎么说，它好像不是很清楚。"

　　"您有没有什么建议可以给我们的女性读者？"

　　"让男人产生保护你们的欲望。"

　　"可是如果男人已经不懂得怎么做了呢？"

　　"这样的话，我就不知道了。他们可以重新学习吗？我想一份大型杂志，像你们的杂志，应该可以解释给他们听。"

　　"谢谢您，尤利克。祝您在我们这里旅居愉快。"

　　"谢谢你们热情的接待。"

2

　　"亲爱的尤利克，很高兴看到您对打猎这么有兴趣。"弗萝伦丝说。

　　"是啊……不过很可惜我不能骑马！"

　　"我明白，可是您太珍贵了，这种事实在太危险了。"

　　他坐在一辆越野车里，这辆车跟石油基地附近看到的车子很像。司机叫马歇尔，他的脸颊又肥又红，是个粗壮的男人。马歇尔开车，尤利克坐在旁边，弗萝伦丝和玛希·雅莉克丝坐在后座静静地聊着。跟马歇尔相反，她们看起来对打猎没什么兴趣。尤利克很快就跟马歇尔聊开了，马歇尔还会不时告诉尤利克一些树的名字，还跟他解释这种围猎是如何进行的。

弗萝伦丝比玛希·雅莉克丝年轻一点，虽然她不知用了什么神秘的方法让她的金发看起来非常光滑又非常闪亮，虽然她身上有许多珠宝，虽然她化的妆可以说是他在这里见过化得最完美的，可是年轻女孩的灵似乎已经不在她身上了。（玛希·雅莉克丝只会涂一点口红，加上一点眼影，他喜欢这样，因为如果不能尝到真正的皮肤，那要怎么去爱一个女人呢？）弗萝伦丝的声音没有玛希·雅莉克丝的声音里的那种温柔，她的动作比较粗鲁，她的个子没那么高，可是比较壮——事实上，我们会觉得安置在她身上的是一个男人的灵。她没有结婚，也从来没生过小孩，她的身上似乎找不到任何缺点。

玛希·雅莉克丝和弗萝伦丝认识很久了，她们以前上的是同一所给喀卜隆呐克人的首领们的女儿上的小学。

"是我们要围猎的动物！"马歇尔大叫。

在他们前方很远处，尤利克看见一头飞跃的鹿穿过林间小径，随即消失在浓密的森林里。一秒之后，他们看见一大群狂吠的狗蹦蹦跳跳超过他们的车子，接着是那些穿着一身红衣的骑士，跨坐在这些叫作马的大型兽类身上。这种兽类满嘴都是唾沫，眼睛突出，他第一眼看见它们的时候几乎要害怕起来了。

"它累了，"马歇尔说，"他们快要抓到它了。"

"这是我最讨厌的时候了。"玛希·雅莉克丝说。

"你太敏感了，"弗萝伦丝说，"生活终究就是这么回事啊！"

"或许吧，不过我可不是生来就要被强迫去喜欢生活的每一个方面。"

"尤利克，您觉得怎么样呢？"

他转头看着她们，她们也望着他，等着他回答。看到这两个女人问他有什么看法，他觉得真是奇怪，他对她们的世界知道得那么少。

"在我们那里也是，打猎是我们的世界的一部分。"

"啊，你看吧。"弗萝伦丝对玛希·雅莉克丝说。

他看见玛希·雅莉克丝有点发窘，仿佛他刚刚背叛了她。于是他继续说：

"不过我们打猎的目的只是为了喂饱自己，或是为了毛皮。"

"啊，我就知道是不一样的。"玛希·雅莉克丝说。

"总之，这是一项传统，"弗萝伦丝不耐烦地说，"你们也有一些传统吧，不是吗？"

"跟这里的不一样。我们的生活里只有一些必需、必不可少的。"

从弗萝伦丝看他的方式来看，他知道她很容易生气。

"哇靠！如果他们从那里走的话，最后会跑到布夏湖那里，"马歇尔一边踩油门一边说，"这下赞了，一次漂亮的'阿拉力'[1]

---

[1] 阿拉力（hallali）：音译，源自古法语的口语，原意为"呼唤人过来"。在围猎活动中，猎物被猎犬包围时，猎人会发出呼声或号角声，此刻猎物只能坐以待毙，这个时刻就是"阿拉力"。

就要开始了！”

可是尤利克应该永远都搞不懂，什么是一次漂亮的"阿拉力"。

那头鹿钻进森林边缘一栋房子的花园里，屋主是个少妇，穿着园艺工作服，坚持不肯让骑士们进去。猎犬们争先恐后地追了进去，一直追到屋子前面，鹿一个飞跃，跳到停在一旁的车子的引擎盖上。从马歇尔的反应来看，尤利克知道这辆车价值不菲。

"哇靠，是BMW耶，这下惨了！"

少妇对着猎狗和骑士大吼，仿佛那头鹿的灵上了她的身。

"又是个要命的'布波族'[1]，整天反对打猎。"弗萝伦丝不耐烦地说。

正当猎狗们想要跳上引擎盖的时候，鹿优雅地跳上了车顶，赖在那里不走，鹿蹄结结实实地踏进了车壳，不时还用鹿角顶一顶想要爬上来的猎犬。少妇继续大叫——尤利克听到"警察""法院"这几个字眼。最后，两个手拿马鞭的骑士下了马，把猎狗集合起来，赶出这座花园。鹿还是在那里动也不动，像一尊雕像似的，把车子当成底座，直挺挺地站在车顶。精致的鹿头昂扬着，像是胜利的标志。这时少妇提着满满的一桶水慢慢走了过来。

马歇尔重新发动了汽车，尤利克观察着在车旁转来转去的骑士

---

[1] 布波族（bobos）：又叫"波波族"，是"布尔乔亚"与"波希米亚"这两种属性截然不同的社会阶层构成的混合词，意指有钱过精致生活却又浪漫不羁、不墨守社会成规的人。

们。他在他们冒着火的眼里看到猎人被剥夺了猎物的愤怒，这种事也会发生在因纽特人的身上——一头昏昏欲睡的海象突然睁开一只眼睛，看见你，接着立刻潜入了海里。在这里，虽然他们的马这么巨大，他们的服装如此怪异，他们的狗也长得这么奇怪，他还是觉得他们有点像他的兄弟。

所有人都回到早上出发的地点，在这座花园豪宅里享用晚餐。

"我很想知道尤利克对我们的传统有什么想法。"玛希·雅莉克丝露出她迷人的浅笑，不过这笑容并没有让弗萝伦丝露出微笑。

3

"尤利克！尤利克！尤利克！"全场响起一阵有节奏的叫唤声。

晚宴已近尾声，尤利克看得很清楚，有很多人明显地喝多了葡萄酒和其他他刚认识的酒。玛希·雅莉克丝在他耳边说，该是他去做个小小演说的时候了。她始终喝得极为节制，甚至还留意不让人太常帮她把酒杯斟满。

他站了起来。在他周围的墙上，有很多鹿头好像睁大了深邃的眼睛盯着他看，他有一种怪异的感觉，似乎有些动物长长的脖子微微动着，为的是盯着他看得更清楚。他的位子在长桌的尽头，从这里看得到所有在场来宾的目光都转过来向着他。大部分的男人和一部分女人还穿着他们的打猎服装，这让他们看起来很像一小支刚打完一场漂亮战役的古代军队，晚上聚在一起庆功。在这里，女人也打猎，这也再次证明了喀卜隆呐克女人决定要做所有男人做的事。

喝餐前酒的时候，他做了第一次演说，总裁走过来跟他握手，所有人都围在他们两人的周围。总裁是个很高大的男人，一头漂亮的银发加上一双锐利的眼睛。尤利克心想，尽管今天的打猎活动以失败收场，但他一定是个伟大的猎人。

"亲爱的尤利克，"他说，"我想要告诉您，您的演说非常动人。事实上，我也很希望我的演说可以这么好，可是我得承认自己的能力有限。"

人们恭敬地笑了。看我们的总裁多么谦逊！他指挥几千名员工，还知道要谦逊地面对一个从大浮冰来的爱斯基摩人！尤利克立刻答道：

"总裁先生，我也很喜欢您的演说，总之，如果不是您，我也没办法来到这里发表我的演说。"

现场一阵充满惊讶和赞赏的窃窃私语。这个因纽特人的法语说得真好！他真是聪明！他在心里感谢谭布雷站长，还有跟他一起读拉封丹寓言和《克莱芙王妃》的时光。总裁面带微笑，但是尤利克

看得出他的眼里有一丝恼怒。他心想，第一杯香槟害他忘了该怎么
应对一个首领——不论他是因纽特人、喀卜隆呐克人，还是世上任
何地方的人——我们永远都不该表现得比一个首领优越，尤其是在
公开的场合。

　　现在，他站在这张长桌的尽头，因为他第一次演说的成功，现
在他们也很想再听听他的另一次演说。

　　"各位亲爱的朋友……"他开始说了。

　　"尤利克！尤利克！尤利克！"

　　"拜托你们，安静一点。"总裁出声了。

　　现场重新恢复宁静，他对大家说，大家都是猎人，所以与其演
讲，不如为大家讲个狩猎的故事。

　　"或许有一天你们会来到因纽特人的国度，在那里的墙上，我
们会看到的是北极熊的头！"

　　现场响起一片掌声，他看见玛希·雅莉克丝深情款款地望着他。

　　他开始讲他的故事了。

　　"一天早上，我们发现雪地上有熊的脚印，于是我们把狗放了
出去。这些狗跟你们的狗一样，它们会兴奋地冲出去，不过它们不
会吠，因为一只好狗永远不会告诉熊它来了……"

　　所有人的目光都盯着他，他感觉得到，梦在他们的眼里随着他
讲故事的节奏缓缓升起。突然，除了他自己回荡在大厅的声音之
外，他听见（有谁的听力比因纽特人的听力更敏锐呢？）总裁在低
声说话：

　　"我们就是一定要他，你们自己看着办吧。"

他不喜欢总裁的语气，因为他觉得听起来好像自己被人当成一个众所觊觎的物品，或是什么稀有动物。而他也见识过喀卜隆呐克人觊觎的力量，这种力量不受因纽特人的国度那种严格的生命法则约束——在因纽特人的国度，人们得不断分享才能存活下去。

4

"看，"马歇尔在长满青苔的地上指着两道不明显的刮痕给他看，"这两道，都是今天早上留下来的。"

黎明时分。所有人都还在睡，他跟马歇尔已经出门探险了。马歇尔正在跟他解释公鹿和母鹿的生活。

马歇尔的森林经验极其丰富。因纽特人的国度里没有树木。马歇尔一路为他细数各种树名，现在尤利克已经认得十几个不同的物种了——要说"树种"，这是玛希·雅莉克丝教他的。在这里，他要找到路轻而易举，而且也比待在大城市的迷宫或是旅馆的走廊里舒服多了。

马歇尔告诉他，每一头公鹿都有好几头母鹿。公鹿一整年都会对年轻的母鹿感兴趣，但是会留下那些老的。就跟因纽特人一样，比较年轻的公鹿会要求决斗，输了就得把母鹿交出来。

马歇尔突然不动了。尤利克顺着他的目光看去，在矮树丛上方，他看见几头鹿的鼻尖在冷空气里冒着白气，他看见它们被夜露濡湿的毛皮：大公鹿和它的母鹿们凑在一起，朝他们的方向转过头来。

突然，森林的灵来到他的身上。

马歇尔住的那栋小屋在一条路的尽头。他说他的父母以前住在那里，不过他父亲好几年前过世了，现在他母亲住在一个"退休[1]之家"。尤利克不懂"退休之家"的意思，对他来说，"退休"的意思是打败仗之后，不得不退回来。马歇尔一边跟他解释什么是"退休之家"，一边从柜子里拿出一个长长的瓶子和两只杯子。

"我自己一个人，白天不常在家，没办法照顾她。"尤利克不敢相信他自己的耳朵：喀卜隆呐克人竟然把他们所有的老人都放在几栋房子里，而这些老人在那里完全无事可做！甚至不能照顾小孩，讲故事给他们听，或是帮女人们处理家务。他心想，在这种情况下，这些不幸的老人怎么活得下去？

"那因纽特人怎么做呢？"马歇尔问道。

尤利克觉得有点窘，因为他觉得他们的做法可能会让喀卜隆呐克人觉得不舒服，就算是和真实生活这么贴近的马歇尔也不例外。尤利克解释说，一个老人觉得自己完全无用的时候，也就是再也没办法替村子做任何事、没办法让孩子们尊敬他的时候，他就会等待

---

[1] "退休"的法语单词是retraite，也有"撤退"的意思。

下一次部落迁徙的机会，到时候，等所有人都列队走在大浮冰上，他就会慢慢让自己从雪橇上滑下来。没有人会回头，他则是独自一人在冰上等待死亡。

可是马歇尔看起来并不惊讶，也没有不舒服。

"我想我比较喜欢这样结束生命。"他一边说，一边把一种清澈、淡琥珀色的酒倒进两只小杯子里。

这种酒比北极熊和所有尤利克至今喝过的酒都烈，仿佛里头躲着一个生气的灵，可是这酒竟然是透明的。眼泪都冲上他的眼眶了。

"这瓶酒是我父亲那个年代的。"马歇尔说。

尤利克知道这是一种尊荣，当马歇尔替他倒第二杯的时候，他接受了。

这栋屋子只有几扇小窗，相当幽暗。所有东西看起来都很古老，而且擦得不是很干净，显然没有女人住在这里。可是为什么呢？马歇尔看起来很强壮啊，他有一双锐利的猎人眼睛，看起来也不像是那种喜欢男人的男人（因为在这里，这种男人似乎比在因纽特人的国度多，在他们那里，这种男人很罕见）。

"女孩子不会喜欢我，"马歇尔说，"她们已经不想在乡下生活了。"

他告诉尤利克，在喀卜隆呐克的国度里，跟他一样生活在乡下和森林里的人很多，他们找不到老婆，因为女人比较喜欢生活在都市里，在办公室里工作，去大街上人挤人的商店里买很多东西。

"我呢，我可不想生活在都市里。"马歇尔说。

　　尤利克明白这种感觉。在这里，才是真正的生活，森林以所有的形式让它的灵和我们同在。有谁不喜欢在黎明时分，在即将苏醒的大自然里漫步呢？

　　"有时候到了晚上很难受，我就会去'白马'。"

　　马歇尔告诉他"白马"是在隔壁小村子的一家咖啡馆，他可以在那里找到几个住在附近的朋友喝一杯，跟他们聊聊天。

　　可是，没有女人怎么办？

　　"有一个地方。"马歇尔说。他解释给尤利克听，离这里不远有一个比较大的城市，那里有一家小旅馆，可以付钱把女人带走。不过，当然啦，他还是比较喜欢有个妻子。

　　"或许我会去找一个。"他说。

　　他指着一本摊在桌上像是簿子的东西给尤利克看。真让人惊讶，上头有很多不是喀卜隆呐克的年轻女人的照片。她们有一点像因纽特人，不过她们来自更遥远的国度。这本簿子有一点像是《真爱，相遇》这种节目上的，他在电视上看过。这本簿子上看到的都是想要结婚的女人的照片，她们愿意跟挑选她们的人走向婚姻。

　　"有人跟我说菲律宾女人最温柔，"马歇尔说，"而且，她们最勤劳。而且我们有同样的宗教信仰，这样子事情会比较容易。"尤利克觉得自己在喀卜隆呐克人的国度已经有一个女人，真是太棒又太幸运的事了，他希望马歇尔也能找到一个温柔的女人。

　　他从窗户看到太阳升起了，该去叫醒玛希·雅莉克丝了。

Chapter **5** 因纽特人的
交换系统

在这里，在城市里，大家都很忙，所以您不
可能一天到晚缠着朋友，把痛苦的事情说给
他们听。您会担心失去他们。

1

“我的北方来的小礼物，”她说，“您真是太棒了。”

“刚才吗？”

她笑了。他听到她笑个不停。

“才不是呢，昨天晚上，跟总裁在一起的时候。”

“噢，总裁……”

“噢，总裁……”她模仿着他，“看起来，您似乎不是很喜欢我们喀卜隆呐克人的这个大首领！”

“其实，让我觉得在他身边很自在的时候，就是他刚把打猎搞砸的时候。”

“为什么呢？”

“我觉得自己的地位比他优越。我是一个比他好的猎人。”

“不管到哪里，男人都是一样的。”她一边说，一边猛然起身，披着被单离开了床铺。

他留意到她总是因为身体赤裸而感到尴尬，而他却不停地看着她，每天都会发现令他着迷的新画面。他们对彼此的认识这么少……她就像一块新的领土，他在晚上和早晨出发去探索，却还没有完全征服。

听到她在浴室里洗漱的声音，他也起床了，往厨房走去。他的肚子饿了。

托马坐在餐桌前，桌上是一碗早餐谷片，他专心读着一本画满各种图解的期刊——似乎是某颗彗星的轨道。茱莉叶特站在那里，检查冰箱里还有什么。她赤着脚，一只脚踩在另一只脚上，这样瓷砖才不会让她太冷，这姿势仿佛具有某种仪式性，可以让她把早餐的食物挑选得更好。两个孩子都没有发现尤利克来了。

他觉得有点尴尬，因为连他都还不习惯他们的母亲比他们晚起床，而茱莉叶特当然知道原因是什么。

"早安。"他说。

托马抬头露出微笑。

"尤利克，早安！"

接着他又埋头继续读他的期刊。

茱莉叶特转头瞥了他一眼，抓起一罐白奶酪，带着战利品径自回房里去了。

"茱莉叶特，您不跟我说早安吗？"

"早安。"她喃喃说出这句问候语。

她消失了。他犹豫了一秒，一股猎人的冲动袭上他的心头：他无法忍受就这样看着她逃走。他跟着她走上走廊，直到她的房间。茱莉叶特没听见他靠近的声音，他们两人一起走到房门口的时候，她吓了一跳。

"我想要安安静静地待在房里！"

　　她的眼神里燃烧着怒气。他不由得往后退了一步。

　　"没问题……对不起。"

　　他正准备往后退，打算暂时撤退的时候，她似乎也尴尬了起来，不知该如何走进房里，当着他的面把门关上。

　　"茱莉叶特……"他开始说了。

　　"唉，什么事？"她很夸张地叹了一口气。

　　"我觉得……您好像不喜欢我。我可以想象一些理由，不过因为我不是这里的人，我很确定我不会完全明白。"

　　她还是动也不动。他跟她说话的时候，两眼一直盯着她。他觉得自己像是在非常缓慢地接近一只动物，只要他犯了一丝一毫的错，这只动物就会逃走。

　　"……我只是希望所有人都开开心心的。我感觉到您不喜欢我，在生我的气，对我来说，这实在是很困难……很痛苦的事。您为了某些事在生我的气，是不是？"

　　她浅浅叹了一口气，他在这里头感觉得到轻视的气息。

　　"没错，我是在生您的气。"

　　"可是生什么气呢？"

　　"我气您……利用我的母亲……"

　　他看见泪水涌上她的眼眶。

　　"……我生您的气，因为您利用她的软弱！"

　　她的嘴扭绞着，几乎要开始啜泣，继而转身离去，消失在她的房里。他在沉思之中往厨房的方向走回去。

　　利用她的母亲？她的意思是说我利用她母亲不求回报的热情接

待？还是说我很懒惰，在他们家白吃白喝？这个想法让他在走廊上停下了脚步，因为在因纽特人的国度，这是一个人会招致的最严厉的侮辱：利用团体努力的成果，却没有带来自己的贡献。

他得掉头去向她解释，他并不是寄生虫，他也不是要倚赖他们提供屋顶、提供床铺，因为他在旅馆里有个很漂亮的房间，而且他可以随意叫一些很漂亮的女人来（他的毛皮帽和独角鲸的长牙，存货还多得很）。可是才走到门口，他就停住不动了。他不确定他的解释能不能让茱莉叶特满意。他觉得在这个年轻女孩的愤怒之中，有什么地方他没搞懂。他想把这一切说给艾克托医生听。

他回到厨房，玛希·雅莉克丝低头看着托马正在读的报纸，听他解释银河系为何会爆炸。电热水壶里的水正在沸腾。

他停了下来，被这突如其来的发现吓到了。昨天夜里，他醒了，想要离去的强烈渴望仿佛在心里沸腾，他知道自己不只是想要重回因纽特人的国度，更无法平息的是，他渴望将呐娃拉呐娃拥在怀里。可是今天早上，在厨房里他发现，他感觉到自己和这个高大的女人联结在一起——这个女人低头看着她的儿子，他感觉到自己和这个悲伤的小男孩联结在一起——小男孩看到他，抬头对他微笑，他感觉到自己和小男孩的姐姐联结在一起——他刚刚把她弄哭了。他感觉到自己和他们联结在一起，和他们夜里的呼吸联结在一起，和这个乱七八糟的厨房联结在一起，和这些家族的肖像联结在一起，和这个床单皱巴巴的房间联结在一起，和他们吵闹的声音联结在一起。

自从他成为孤儿，这是他第一次感觉到自己属于一个真正的家庭。

2

　　他打了电话，艾克托医生立刻答应在晚上看完最后一个患者之后见他，艾克托医生真是个好人。

　　在这间灯光柔和、摆了一些小雕像的漂亮书房里，他坐在艾克托医生的对面，发现艾克托医生看起来已经精疲力尽，虽然艾克托医生一整天都坐在沙发椅上，但是看起来就像一个刚从长途狩猎回来的男人。尤利克心想，他怎么可以这样把自己关起来过日子。不过大部分的喀卜隆呐克人确实都是这样，甚至更不可思议的是，他们的孩子也是如此。除了孤独之外，闭门不出是第二困难的大考验，可是喀卜隆呐克人已经把它变成了习惯。

　　艾克托医生一边听他说着，一边小声地响应着发出"嗯……嗯……"的声音，表示他在认真听。接着他问：

　　"那如果您回去向茱莉叶特解释，您会对她说什么？"

　　"我会说发生在他母亲和我之间的事情是互惠的，没有谁在利用谁。我们做爱，经常做爱，而且都很快乐。"

　　"嗯，我想您最好还是不要对茱莉叶特说这个。"

"我也这么觉得，所以我才想来找您谈一谈。"

艾克托医生在他的沙发椅上伸展了一下身体，捻了捻胡子，开始轻声说着，但他似乎以为自己说得很大声：

"孩子们经常会因为发现自己父亲或母亲的激情而感到焦虑不安。他们感觉到这会带来遗弃的可能。就连茱莉叶特这么大的孩子也不例外。她很依恋她的母亲，我们可以说她觉得您对她的母亲如此重要，这对她构成了威胁；而且当她的父亲离家时，她已经受过一次遗弃的创伤了，那一次也是跟激情有关的事造成的。"

尤利克思索着。他很惊讶艾克托医生说给他听的东西这么简单。他怎么没有想到呢？可是事情不就是如此吗？当你观察时，你会发现那些好猎人的动作看起来都很简单，直到有一天你发现自己根本模仿不来。

"当然了，"艾克托医生说，"这只是一些假设。我只见过茱莉叶特一次——有一次她跟托马一起来——不过我跟你说的情况经常发生。"

"可是她为什么要把这一切都跟什么利用扯在一起，还说我在利用别人？"

"这是一种défense。"

"一种défense？"

他知道défense这个法语名词的意思是"自我防御的行为"，不过也可以是"海象的獠牙"。

"啊，"艾克托先生说，"我得给您解释一下。当一种想法或一种情绪太让人痛苦、让人无法接受的时候，我们的心理就会自动把它隐藏起来，或是把它转化成另一种比较容易接受的东西。对茱莉叶特来说，害怕被母亲遗弃是一种很难以接受的情绪：这等于承认了她还是个孩子……"

尤利克心里完全同意，尽管她已经像个女人一样，拥有让人心动的外表，但他总是感觉得到茱莉叶特心里的小女孩。

"……于是她把这种难以接受的情绪转化成另一种比较舒服的情绪，也就是对您的恨意。可是因为她是个有理性的年轻女孩，所以她需要一个借口，于是她的心理帮她制造了一个：她说您在利用别人，这样她才能放心地恨您。"

尤利克思索着。他很喜欢défense这个法语词的新意义，他也明白，这么一来很多事情就可以解释了。

"这有点像一个漂亮的女人吸引很多男人，"他说，"其他女人会发现她身上有所有的缺点，可是没有一个女人会承认那是因为自己是在嫉妒，或是因为自己觉得痛苦，因为自己长得没有她漂亮，这都是自卑感，太让人难过了。"

"没错！"艾克托医生说，"确实就是这样。"

为了让艾克托医生看到他对喀卜隆呐克人的世界的认识有些进步，尤利克带了一份他在那家大型女性杂志社做的访谈给他看，杂志上还没刊登呢。艾克托医生读得很专心，不时还露出微笑。

"我喜欢您的结论。"他说，"'让男人产生保护你们的欲望。'不过，已经有点太晚了……"

"为什么？"

"因为现在，她们有点像男孩子那样被养大：我们鼓励女孩子学习自己解决事情，而且她们也做得很好。"

"所以，男人就不想再保护她们啰？"

"是啊，现在，男人可以丢下她们而不会觉得有罪恶感。女人依然会激起男人的性冲动，但是再也激不起他们那么多想要保护女人的冲动了。几千年来，得要这两者并存才能繁衍后代；一个您不保护的女人有可能会死掉，她的婴儿（也就是您的婴儿）也会一起死掉。现在，剩下的只有性冲动了，而如果我们任由它自由发展，男性的性冲动可不一定会变成世界上最讨人喜欢的东西……"

尤利克明白艾克托医生想说的。如果没有规则来控制男人，男人会想要跟所有他觉得诱人的女人上床，在这种状态下，没有任何部落可以存活下去。不过喀卜隆呐克人是不是发明了一些新的规则？这时，艾克托医生办公桌上的电话响了起来。

"对不起。"他对尤利克说，然后把电话接了起来。

他一认出对方的声音，姿势就不再是软绵绵的了。他的身体立刻往前倾，一脸忧心忡忡。

"可是你跟我说过没问题啊！"

尤利克听出是个女人的声音。艾克托医生听她说了很久，然后才说：

"可是我，我很乐意今天晚上跟你见面呀……"

那个女人说了一个短句子，尤利克觉得艾克托医生好像挨了一拳。

　　"……好啦，"他说，"……我明白了……我想我已经考虑过了。"

　　那个女人继续说下去，声音似乎柔和了些。艾克托医生打断她的话。

　　"……听我说，我觉得我现在不是很想再讲下去，我很清楚你想对我说什么，所以，我也不需要再听下去了。"那个女人又说了一些话，然后就闭上了嘴。

　　"我很难过你用电话向我宣布这种事。"艾克托医生说，"不过我想以前我也听不进去。"

　　那个女人没再回应。

　　"再见了，"艾克托医生说，"你自己保重。"

　　然后他就挂上了电话。

　　尤利克看到他望着自己，却一脸茫然。他的灵还留在这个女人身边，很明显的，他很痛苦。

　　"嗯，"他说，"……对不起，我们回头谈……茱莉叶特。还是托马的问题吧，我们可以谈一谈托马……"

　　他似乎很努力要集中精神，可是眼神却依旧涣散。

　　尤利克知道自己是来找这个人帮忙的，可是现在，换他要帮这个人的忙了。

　　"艾克托医生，"他说，"您关在屋子里一整天了，要不要一起去喝一杯？"

3

　　艾克托医生从来没喝过**北极熊**，不过他很乐意尝试。

　　尤利克觉得很自豪，因为他又回到这家酒吧，让那些服务生看到他现在很自在，而且还带了像艾克托医生这么有意思的朋友一起来。

　　他们坐在上次他坐得很痛苦的那个桌位。从上次到现在，他对喀卜隆呐克人的世界的认识有多么长足的进步啊！

　　不过他还是不想让人看到他很开心，因为他很清楚，艾克托医生还在难过——一脸忧郁，小口喝着鸡尾酒。吧台后面的服务生对他们很感兴趣，不时看着他们，还偷偷地交头接耳。隔壁桌坐着三个日本人，跟上次那几个不同，他们发出轻声的闷笑，尤利克觉得他们似乎对他和艾克托医生也很感兴趣。除此之外，酒吧里非常安静，尤利克突然发现这个空间跟一个大冰屋差不多大，柔和的昏暗和扩散开来的灯光更加深了他的这种印象，怪不得他在这里比在别处觉得舒服。

　　不过，他也该开始帮帮艾克托医生了。说不定他可以引导这个人谈一谈令其心烦的事？可是他也不想表现出过多的同情，以免惹

得艾克托医生不高兴。因纽特语的同情或安慰是呐喀里可，女人和
小孩毫不害羞地接受呐喀里可是很正常的，可是一个真正的男人永
远不可以表现出需要呐喀里可的样子，除非遭遇了所有人都可以理
解的巨大不幸，像是小孩死了，或是雪橇丢了。他心想，这或许会引
起艾克托医生的兴趣，让他放轻松一点，不要陷在阴郁的忧心之中。

　　"您知道什么是呐喀里可吗？"

　　"我不知道，是你们的习俗吗？"

　　尤利克解释给他听。艾克托医生饶有兴味地听着。

　　终于，艾克托医生露出了微笑。

　　"好玩的是，"艾克托医生说，"我明白了我这一行的工作内
容有一部分是要把呐喀里可带给人们。"

　　"您的意思是，带给那些来找您的人？"

　　"对呀。"

　　"可是您并不认识他们吧？"

　　"一开始是不认识，不过后来就认识了。"

　　所以，喀卜隆呐克人甚至创造了一种专家来安慰忧伤的人！他
心想，他到底还会发现多少吓人的事？

　　"难道他们没有家人或朋友可以听他们说，给他们安慰吗？"

　　"嗯……有时候是有的，不过不可能每次都找他们。在这里，
在城市里，大家都很忙，所以您不可能一天到晚缠着朋友，把痛苦
的事情说给他们听。您会担心失去他们。而且，也不是所有人都有
朋友。很多人来到这个城市，也没认识什么人，他们太害羞，没办
法维持人际关系，于是到了晚上他们就会一个人待在家里。这时

候，如果您开始觉得悲伤，就会变得越来越严重……有几百万人是
独自生活的，而且不一定是自己选择的。"艾克托医生一边说着，
一边喝完他最后一口北极熊。尤利克想到玛希·雅莉克丝、弗萝伦
丝，接着又想到在电视上寻找男人的那些年轻女人。他还想到所有
跟马歇尔一样找不到伴侣的单身男人，他们想让人从远方的国度帮
他们送一个过来。

　　"可是你们的社会是怎么走到这一步的？"他问道。

　　艾克托医生露出微笑。

　　"我不确定我自己知不知道，不过确实是有各种不同的原因。
我们的……风俗在一个世纪之中有很大的改变。从前，所有人——
或者几乎所有人——都在乡下生活，我相信当时的生活跟你们的部
落相去不远——我要说的是男人和女人之间的关系——所以永远没
有人会是独自一人。"

　　"男人和女人在一起会比较幸福吗？"

　　"这种事很难说。不过，无论如何，今天没有人愿意接受当
年的生活方式了，尤其是女人。她们已经学会去期待生命中的其
他事。"

　　服务生走过来问他们要不要再喝其他东西。

　　"两杯海风，"艾克托医生说，"尤利克，我想您会喜欢
这个。"

　　说得没错，这杯鸡尾酒像一阵轻柔的爱抚、一阵凉风，让人觉
得有如日出时分的冰川般耀眼和安详。

　　"所以呢，这里的女人想要什么？"

艾克托医生笑了。

"问题就在这里。刚才，您应该也看见了，我应该不会是找出这个答案的最佳人选。"

艾克托医生不再说话了，喝剩下的半杯海风的速度也加快了。

"在因纽特人的国度，"尤利克说，"女人们希望您有能力保护她们对抗生活里的艰难。她们希望您打猎的功夫够好，可以让全家人吃得饱、穿得暖。她们希望您表现出一个男人的样子，不要受其他猎人侮辱。而且，当然啰，如果我们喜欢一起做爱的话，那就更好了。"

"那对您来说，一个好的妻子应该是什么样子？"

"她得要很勇敢，要会做衣服，要把冰屋打理得很好，要当一个好母亲，要有好心情，而且，当然啰，她要喜欢做爱。"

艾克托医生陷入沉思。

"你们找到了一个交换系统。我想，我们有一点失去了我们的交换系统，而且我们还没找到新的。" 艾克托医生把剩下的半杯海风喝完，然后继续说话，仿佛在对自己说。

"而我是第一个……"

这时，两个漂亮的年轻女人走了进来，坐在吧台。尤利克认出那是嘉桑特和她的朋友。他看了艾克托医生一眼，心想，或许介绍他们认识会让艾克托医生觉得好过些。

Chapter *6* 爱情的考验

他开始明白这里的男人经历的是什么了：面
对这些拥有自由之身的女人，如何能在唯一
的女人身上停下来？他们哪有办法对属于自
己的那个女人保持忠诚？

1

"心理医生这一行，应该很有趣吧？"嘉桑特说。

"不过这会不会让您觉得很累，整天都要听别人说他们的不幸？"洁哈汀问道。

起先，艾克托医生对于她们的出现显得相当惊慌，他甚至悄悄对尤利克说："不要，不要，尤利克，她们是……"这时尤利克正在招呼两个年轻女人来他们桌一起坐坐。说得太迟了，因为嘉桑特一认出尤利克，就用手臂碰了碰她的朋友，她们立刻从吧台的高脚凳上下来，向他们走来。

由于艾克托医生的职业似乎让嘉桑特和洁哈汀很感兴趣，于是他打开了话匣子，很快的，他的尴尬就烟消云散了。他又变回尤利克认识的那个样子，永远冷静，永远带着一抹浅浅的微笑，表现出他随时都觉得您很讨人喜欢，不论您是什么样的人。

尤利克没有加入他们的谈话。起初是因为艾克托医生和两个年轻女人聊开了，忧伤的心情一扫而空。接下来，他看到这两个美丽的喀卜隆呐克女人贴得这么近，带着一脸漂亮的微笑，她们的乳房将衣服绷得紧紧的。这让他升起一股狂热的渴望，想要把她们紧紧抱在身上，或是把她们带回房里。问题是：要挑哪一个呢？她们俩简直就像一对姊妹，只是他已经认识的那个嘉桑特是褐色的头发，肤色较深——但是不像因纽特人的发色和肤色那么深，而洁哈汀则是金发，肤色和玛希·雅莉克丝是一样的，不过发色比较浅，几乎跟皮色还没变深的小驯鹿差不多。他该和曾经留给他美好回忆的嘉桑特重续前缘，还是去探索洁哈汀？说不定洁哈汀会留给他更棒的回忆呢。他开始明白这里的男人经历的是什么了：面对这些拥有自由之身的女人，如何能在唯一的女人身上停下来？他们哪有办法对属于自己的那个女人保持忠诚？玛希·雅莉克丝的身影闪过脑海，他随即将它挥散。

"您的首饰好美。"艾克托医生对嘉桑特说。他发现垂晃在她胸口的坠子是女人的剪影，雕刻在独角鲸的角上。

嘉桑特面带微笑，摸着她的坠子，看了尤利克一眼。艾克托医生的眼里闪过一丝理解的眼神。

他们四人都又点了一杯*海风*，谈话在融洽的气氛中继续进行。尤利克觉得两个年轻女人都对艾克托医生说的事情很感兴趣，若不是嘉桑特时不时会对他露出微笑，让他知道她对他留着美好的回忆，他几乎要嫉妒起艾克托医生了。

最后，是洁哈汀提醒大家，时间不早了，可是大家都还没吃晚餐。

"客房服务！"尤利克大叫了一声。

这是他在最初几天发现的一个方法，可以帮他度过孤独：叫人把晚餐送到房里，这么一来，一定会有某个人过来，就算这个人停留的时间只是把送餐的小推车打开，把盖在热腾腾的餐点上的盖子掀起来。

　　四个人都在他的房里，服务生为他们送来蟹肉沙拉、比目鱼、白酒、冰激凌。尤利克觉得很快乐，也很自豪，因为他促成了这次相会。看得出来，尽管有时艾克托医生的眼神里还是会闪过一丝忧伤，让他沉静个几秒，但他几乎已经忘记那些心烦的事了。

　　尤利克感到自己对嘉桑特的欲望在心底升起了，他的眼睛离不开她，她和艾克托医生说话的时候，还很有默契地偷看了他几眼。吃完冰激凌之后，她问艾克托医生，一个人有没有可能永远没办法从失恋的哀伤中走出来？

　　"对啊，我也想知道。"洁哈汀说，"我有一个朋友，她一直没有恢复过来，到现在都三年了。"

　　"这种事有可能会发生。"艾克托医生说，"不过，通常生活会回到原轨，我们会重新开始正常生活……或者，假装正常生活。"他又补上最后一句，像是在对自己说。

　　嘉桑特和洁哈汀互看了一眼。艾克托医生回过神来。

　　"不过，没错，讲一讲是会有帮助的。在心理医生这一行，我们帮助的人有不少都是处于这种状况。"

　　"我会把您的地址给她，给我那个朋友。"洁哈汀说。

　　"要您说工作的事，一定让您觉得很累。"嘉桑特说。

　　"不会，一点也不会。"艾克托医生带着温柔的微笑说，"不过，我看时间晚了，我得回去了。明天我还得起来听我的患者讲他们的问题呢。"他边说边从桌旁起身。

　　"您要丢下我们啦。"洁哈汀说着，起身挽着艾克托医生的手臂。

尤利克觉得艾克托医生很想留在洁哈汀身边——不管他的职业再怎么奇怪，也无法让他忘记他是个男人——只不过另一部分的他禁止自己这么做。这有点像我们被另一个猎人的妻子诱惑了，看着她对我们的微笑，可是我们却不放任自己再往前走一步。

尤利克心想，艾克托医生需要帮忙，于是他立刻起身，挽着嘉桑特的手臂。

"要离开的是我们。"

"可是……尤利克。"艾克托医生说。

"亲爱的艾克托医生，请接受我的招待。"尤利克边说边拉着嘉桑特往门口走去。在门关上的那一瞬间，他看了艾克托医生最后一眼：艾克托医生一脸尴尬地看着洁哈汀，洁哈汀则是笑着用两只手臂环绕他的脖子。

经过大厅柜台的时候，他要嘉桑特赶快拨电话到房里，告诉她的朋友不要让艾克托医生付一毛钱，她也可以来挑一个因纽特国度的礼物。

2

做完第一次之后，嘉桑特说：

"我最喜欢跟你在一起的时候可以忘记自己是谁，因为你也忘了她是谁，也说不定你不是真的很了解她。"

这时尤利克跟她说了因纽特女人到捕鲸人的船上去的故事。她看起来很惊讶。

"可是她们的丈夫怎么想？"

"因人而异，有些人绝对不准他们的妻子上捕鲸船，也有人想的是她们可以替部落带什么有用的东西回来。"

"显然皮条客到处都有。"

听到她跟他解释"皮条客"这个字眼的意思，他很惊讶。

"那你呢，你也有个皮条客吗？"他忍不住问了她。

"怎么？你对他感兴趣吗？"

她面带微笑看着他，带着一丝调皮的神情，他看了又好笑又气恼。

"我想我不会想遇到他。"

"好，那这种事就不会发生！"

她告诉他，没有，她没有皮条客。有时候她会替一个组织工作，这个组织为一些生意人或是一些喀卜隆呐克人的大首领提供一个年轻女人跟他们做伴，也就是所谓的"应召女郎"，然后她得付给这个组织一些钱。

"不过这就是一种伙伴关系，"她说，"除了这个之外，我还可以自己去找顾客。所以我才有办法支付这一切。"

嘉桑特的公寓和玛希·雅莉克丝家很不一样，她的公寓很现代，地毯几乎和纳努克的毛皮一样白，墙上挂的不是家族肖像，而是几幅什么也不是的画，可是看起来还是很有趣。其中两幅引起他的注意，他仿佛从某种猩红的浓雾中认出了嘉桑特的身影。

"那是我的第一个boy friend（男朋友），他是画家。"她向他解释自己是如何开始从事这一行的。

"我们住在一起，我很信任他。可是生活很辛苦，他的画卖不出去——他有点孤僻，他不知道怎么跟那些被他的画吸引的人聊天。于是，就由我来扮演画家妻子的角色，随时保持讨人喜欢、健健康康、面带微笑的样子。"

看她裸着身体自在地躺着，像一头漂亮的水獭，尤利克可以想象她这个角色扮演得很出色。

"后来，我们终于山穷水尽。你无法想象在这种城市里，没有钱是怎么回事。我们最后只有在人家邀请我们吃晚餐的时候才有东西吃，可是我们还是强颜欢笑，掩饰我们的穷困。"

她把被单盖在身上，拉到下巴，仿佛觉得很冷。她继续望着天花板对尤利克说话。

"我们经常会跟一个很有钱的男人碰面，他收集现代艺术创作。他喜欢艺术，这是真的，不过我想他更喜欢的，是有一群艺术家围绕着他、巴结他，他会让他们成名，然后炫耀他是他们的朋友。当他开始对尚恩的画感兴趣的时候，我们还以为我们人生的机会来了。不过我很快就明白他对我更感兴趣，我很快就明白这场交易了。"

她不再说话，她的心情变了，仿佛一片云遮住太阳，改变了大浮冰的颜色。

"事情就是这样，这是我第一次当妓女。你觉得这是个美丽的故事吗？"

"为所爱的人牺牲，这是爱情的考验。"他思索片刻之后答道。

"啊，你说得简单。问题是，接下来你爱上了这个人。"

确实，嘉桑特的男朋友忘记了，一个女人可能会喜欢保护她所爱的男人，可是她很难去爱一个完全不再保护她的男人。

嘉桑特转身趴在床上，贴在他耳边对他说话，近到他看得到她眼里泛着金色的泪光。

"如果他什么都不知道就算了，我或许会继续爱他。可是他知道发生了什么事，还让我继续做下去。所以，我没办法再爱他了。同时，我也发现了钱究竟是什么。你想知道最恐怖的是什么吗？"

"我不知道。"

"我想你会觉得很有意思。最恐怖的事，就是我开始爱上那个人了。那个人是个浑蛋，是个自私鬼，不管他参加什么聚会，他都想成为众人眼中的王，可是他很有趣，他知道怎么把大家要得团团转，这其实是一种很可怕的力量。悲哀的地方就在这里：我们女孩子都爱这种力量，就算对方是个浑蛋我们也爱，而且浑蛋经常很有力量。"

尤利克想到爱吹嘘的库利司提沃克，就在床上坐了起来。他得立刻回到因纽特人的国度。

"嗯，总之，经过这件事之后，我就被爱情倒尽了胃口。而且，因为这个家伙，我开始跟一些真正有钱的男人交往。"

"那你为什么不跟其中一个固定下来？"

"这个嘛，这是个好问题。事实是，在我看来，我已经没办法再爱上谁了。关于情侣的这一切，我想我无法忍受。"

尤利克明白，可是他还是觉得，把身体借给一些一个小时前都还不认识的男人，这种职业实在很困难。嘉桑特解释给他听，对她来说，事情几乎从来不是如此。

"我们相遇的那天晚上，我并不是在工作，我从来没有这样找过顾客。我只是来跟一个朋友闲聊。可是走出旅馆的时候，我听见门房在说你的问题。于是，机会来了……而且我在酒吧就留意你了，我心想你应该会是一个讨人喜欢的顾客。通常，大家都会说我很讨人喜欢，所以顾客们都会想再见到我，结果我的顾客都是常客。有些人我收的有点像是月租，他们付一笔固定的钱给我，我则是随时候召，他们还会送我礼物。我的生活跟那些可怜的站街女孩完全不一样。对她们来说，那是地狱。你可以说我的运气很好。"她做了这样的结论。

可是尤利克有一种感觉：她只是在试着说服自己。有个问题他想不通：捕鲸人的船上没有女人，他们做的事我们可以理解，可是这里的男人有这么多单身而且自由的女人，为什么他们要找像嘉桑特这样的女孩呢？她解释给他听，他的顾客当中有一些重要的人，他们很想认识其他的女人，可是他们通常都是已婚的男人，不想因为一段新的关系而把事情弄得太复杂。而且，他们的头发已经开始变少或变白，要吸引像嘉桑特这么美丽又年轻的女人，对他们来说并非易事，除非他们是在电视台或电影界工作。

"换个说法吧，"她说，"我帮他们省了很多事。跟我在一起，他们只要把钱转给我，就省了时间，而且，我会让他们觉得自己既重要又有价值，通常他们的妻子不会让他们有这种感觉。有些男人，要把他留在家里，给他两个女人并不算多……"

接着她搂住尤利克，把他拉到身边。

"我的因纽特帅哥，"她说，"我们暂时把这些事忘了好不好？"

继玛希·雅莉克丝之后出现的，是呐娃拉呐娃的身影，他花了一点时间才把它抹去。

在喀卜隆呐克人的国度里，男人的生活真复杂。

3

公寓里静悄悄的。孩子们都去上学了。他听到客厅有声音，是一个男人的声音。他感觉到一股怒气升起，他再一次意识到，这个公寓已经成了他的家。

"我真的不懂，你有什么资格对我的生活方式有意见。"玛希·雅莉克丝说。

"这跟孩子们有关，"男人答道，"他们也是我的孩子啊。"

"尤利克对他们很好，而且他还会照顾托马！"

玛希·雅莉克丝坐在沙发上，身上还穿着睡衣；穿着灰色西装的男人则是在客厅里焦虑地走来走去。发现尤利克出现在门口的时候，两人都静了下来。

"可是……"男人说，"可是……"

他比玛希·雅莉克丝的年龄大一点，应该跟总裁的年纪差不多，长得也有一点像，只是没有白头发——他一定也跟弗萝伦丝和无数的喀卜隆呐克人一样，用了同样的技术。

他似乎呆住了。

"可是，他只是个孩子啊。"他说。

"夏勒，我希望你不要用第三人称对尤利克说话，他人就在这里。"

"老天爷，可是，他只是个孩子……"

"喂，我觉得你说这种话很不得体。"玛希·雅莉克丝说着，突然站了起来。

"您好，先生。"尤利克说。

这男人疯了不成，连打招呼的规矩都忘了？所以他没有感觉到这场会面的危险啰？

"啊……呃，您好……尤利克。"

他们互相伸出手，尤利克故意握得相当用力，要让他知道真要打架的话，他也没有胜算。

不过这位不速之客似乎没打算诉诸暴力，他的反应是尴尬，仿佛在他从前的客厅里发现一个年轻的因纽特猎人，这是生命不曾向他预告的一个情境。

　　玛希·雅莉克丝站了起来。

　　"好了，你们自己认识一下，我要准备出门去了。尤利克，等一下我们有一个很重要的会议。"

　　他们依旧面对面站着，尤利克心里想着不知如何展开这场对话，夏勒则瞅了他几眼，仿佛不敢相信自己眼睛所看到的。

　　"托马是个很乖的小男孩。"最后尤利克拿了这个当开场白。

　　"啊？是啊，确实是。不过他让我们很担心。"

　　"我知道，我见过艾克托医生。"

　　"啊，那很好，他是个很好的医生。"

　　"我也觉得，我觉得他很亲切。"

　　他们继续这样说了一会儿。尤利克心想，在因纽特人的国度也是如此。当我们遇到一个从其他部落来的人，如果我们不明白他的来意，我们就会从双方有可能意见一致的大小事情开始谈起：天气、打猎的成果、狗的好坏。这样事情就简单多了，毕竟他们有不少共同的主题。

　　"那您还会待很久吗？"夏勒问道。

　　"我也不知道。"尤利克说。

　　他本来要回答："不会，再过不久我就要回去了。"可是他想到没先跟玛希·雅莉克丝说这件事就先跟这个男人说的话，似乎很无礼。就在此刻，玛希·雅莉克丝来了，穿着跟她前夫西装颜色几乎一样的套装，十分娇艳动人。

　　"很高兴看到你们没有打起来。"

"你可真聪明。"夏勒说。

于是他们握手道别。夏勒出门的时候还跟跄了一下。

后来，在车上，尤利克什么也不敢多说，倒是玛希·雅莉克丝切入了主题。

"我可不会问您昨天晚上到哪里去了。"

她用锐利的眼神瞥了他一眼。

"我在旅馆。"

"真的吗？"

"是啊，我应该先跟您说的。我……我想要自己一个人……独处一下。"

"这种事我可以理解，可是我会担心啊。"

"对不起，我应该先跟您说的。"

"奇怪的是，我想打电话给您，总机帮我转到您的房里。"

"啊，我应该是睡了，我没有接。"

"可是有人接了。"

"真的吗？"

"真棒，您这么快就学会说'真的吗？'，实在太帅了。"

他感觉到她声音里的讽刺。接着她就不说话了。他开始狂乱地想着，是谁接了电话？是洁哈汀还是艾克托医生？如果是后者，玛希·雅莉克丝有没有认出他的声音？不对，电话应该是洁哈汀接的，她会以为是嘉桑特打来的。

"我很高兴看到所有男人扯谎的时候都是一个样子。"她说。

"总机一定是帮您转到另一个房间了，他们搞错了。"

　　"不会错，他们没有搞错，因为我还确认过，我后来又打了一次。第一通，是一个女人接的，声音还蛮迷人的。第二通，还是她，可是我听到后面有另一个声音，是一个男人的声音。"

　　"一定不是我的声音。"尤利克说。

　　他还可以继续坚持原来的版本：总机两通电话都转错了房间。

　　"玛希·雅莉克丝，可能是总机帮您转错了房间。"

　　"没错，那不是您的声音。是一个年轻女人的声音，她先是叫我嘉桑特，后来又跟我说你们不在，她可以帮我留话。我没有留话。我也听到有个男人在问：'是尤利克吗？'我很确定我认得……是艾克托医生的声音。"

　　要怎样才能尽快重编一个说得下去的故事？艾克托医生带了一个女朋友来他的房里找他……

　　"拜托您，"玛希·雅莉克丝说，"别摆出那张脸，更不要什么话都不说。也许我丈夫说得对，您毕竟只是个孩子。"

　　她说这话是想让他难过，可是他却发现，眼角噙着泪水的人是她。

　　"玛希·雅莉克丝……"

　　他想要把手放在她的手臂上，可是她用力把他的手推开，车子因此撇了一下，后头响起一阵喇叭声。

　　"我真是个笨蛋。"她喃喃着。

　　她继续开车，用手背把眼泪拭去。

4

发生了这些复杂的事，他又想找艾克托医生谈一谈了。

可是录音机告诉他，艾克托医生已经不在诊所了。还好，他留了艾克托医生的手机号码。

"啊，尤利克。当然好，欢迎您来找我们。"

艾克托医生正在和一个叫爱德华的朋友吃晚餐。在一个非常安静的街角，尤利克在一家小餐厅里找到他们，所有顾客似乎都是常客。

"向我们从北极来的朋友致敬，致我们的兄弟之情。"爱德华这么说，同时举起酒杯。

尤利克比较希望艾克托医生是独自一人，这样他才能问艾克托医生昨天晚上跟洁哈汀过得如何；不过，另一方面，爱德华的神情愉快，两个脸颊红通通的，看起来也非常讨人喜欢。爱德华跟艾克托医生的专长不一样：他在一家很大的银行工作，他解释说，他的工作是把很多钱借给一些已经很有钱的人。

艾克托医生和爱德华是老朋友，可是他们觉得他们见面的时间不够多，因为他们两人工作的时间都太长了。

尤利克告诉他们，在因纽特人的国度，他们一天到晚跟朋友见面，因为他们选择一起去打猎的伙伴，就是这些朋友。

"就为了这个，我很愿意做因纽特人。"爱德华说。

"那你可以对同一个女人保持忠诚吗？"艾克托医生问他。

"或许吧。"爱德华说。

艾克托医生露出微笑。

"这里刚好有个例子可以让您了解我们的世界。"艾克托对尤利克说，"爱德华自己一个人生活，可是他已经到结婚的年龄了。"

"可是我已经结过了，"爱德华说，"我还有个儿子呢。"

"是啊，在这之后，你还可以再婚啊。"

"你自己还不是一样……噢，对不起。"

一抹悲伤的神情掠过艾克托医生的脸，显然昨天和他打电话的那个女人没再回来。

尤利克想起可怜的马歇尔，他一个人住在没有女人愿意住的乡下；可是两个住在大城市里的男人，都有收入不错的专长，他们也有可能还是单身，这种事该怎么解释呢？

"我呢，是因为结一次就够了。"爱德华说，"我花了两年才从离婚这件事中恢复过来。有一段时间，我还以为我再也见不到我儿子了呢。"

可是爱德华和他的妻子为什么要离婚？

"我一直搞不懂，"爱德华说，"我觉得我是个好丈夫。"

"爱德华，你是个很好的朋友，不过我不知道你是不是一个很好的丈夫。"

"好吧，我工作太多，可是她总不会爱一个失败者吧。而且，我们的生活很舒适，我也是个好爸爸。"

"我想那不只是因为你的工作。"

"好吧，可是其他的事她又不知道，而且我也从来没认真过。"

"是啊，不过女人都感觉得到的。"艾克托医生接着说。

"好，好，或许吧。可是她也怪我待在家里的时间不够多。说这种话的时候，她也不曾拒绝过我们的生活方式，而这一切毕竟还是要靠我疯狂的工作啊。"

一个女服务生端来艾克托医生帮尤利克点的东西：旗鱼配上一点蔬菜。女服务生实在太漂亮了，尤利克过了几秒才回过神来享用他的食物。鱼排，熟得恰到好处，十分美味。

"我觉得爱德华的故事是个很好的例子。"

"谢了，艾克托，我一直都知道我是个好例子。"

"我的意思是，你太太也是。"

"噢，不要，拜托你好心一点，别提到她。"

"当然要提，这一切，就是个挫折的故事。"

"挫折？"

"没错。维系一段婚姻需要接受一些挫折。对一个男人来说，是保持忠诚时遭遇的挫折感。我同意你，在城市里，这并不容易。"艾克托医生边说边看了女服务生一眼。

"那对女人来说呢？"尤利克问道。

"嗯，她们要接受的是，譬如她们的男人不会一直在身边出现，因为他们太专注于工作了。对男人来说也一样：他们不再有一个温柔的小妻子在家等着超人回来，而是一个上班迟到、为了办公室的问题心情不好的婆娘。挫折让爱情变了样，不再像当初那么甜蜜。这时候一定要在时间的运用和家务劳动的分配上做出妥协。"

"在因纽特人的国度，每个人都知道自己该做什么。"

"这里的问题就是，情况已经不是这样了。而我们，更糟糕的是，我们失去了忍受挫折的习惯。跟前几代的人比起来，我们简直就是被宠坏的小孩。"

"我妈就是这么跟我说的。"爱德华点点头。

"事实上，"艾克托医生若有所思地接着说，"我们被养大的方式并没有教导我们去接受伴侣生活中一定会遭遇到的挫折。"

"譬如？"爱德华问道。

"例子很多啊。譬如，激情已经变成一种价值了。"

"你指的是对彼此的性爱成痴？"

"你要这样讲也可以……可是所有人都知道，伴侣之间的性爱，很不幸，不可能一直维持在这样的状态。"

"确实是，唉！"爱德华边说边帮自己倒了酒，也斟满了尤利克的杯子。

"而且，我们太早习惯孤独了。大部分的年轻人都会离开他们的父母独自生活几年，这时候自由的习惯就养成了，他们想做什么就做什么，之后在两人的生活里就更难去忍受妥协了。"

"啊，"爱德华说，"想跟哥们儿吃晚餐，说走就走。或是吃早餐的时候无话可说……"

"这就是了，不少女人也持相同的论调。我的理论在小孩身上也成立。"

"小孩？"

"当然啰。生了小孩就要照顾他们，一天一天地照顾。这一点也一样，必须能够承受挫折，能够自我限制，能够从自我中走出来——总而言之，就是做一些牺牲。而这个部分，我们的能力越来越差了。"

尤利克开始明白了：喀卜隆呐克人的社会给每个人的自由赋予价值，结果，婚姻和育儿必然会失去的自由成为很多男人和女人不再能忍受的事。于是人们不再结婚，或者婚姻不再延续，他们也不再生很多小孩。不知道会不会有一天，他们变得像因纽特人一样少。

"可是终究还是有人维持婚姻的状态吧？"他问道。

"啊，当然了，"艾克托医生说，"这些人会在伴侣治疗的时段找我看病。"

"他就有点像消防队员，"爱德华说，"当我们找他的时候，就是家里失火了！"

不过他们两人都同意，还是有些结了婚的人很幸福，跟他们的孩子一起度周末，而且说不定也为这些孩子打下了未来幸福婚姻生活的基础。

"他们是我们这个社会的新英雄。"艾克托医生说。

"是啦，我也跟一些已婚的女人交往过，她们是蛮幸福的。"爱德华冷笑着说。

"你太低级了。"艾克托医生说。

这时，漂亮的女服务生端上甜点，看起来像一块软软的小浮冰。

"意式鲜奶酪。"艾克托医生说。

又是件新鲜的乐事。看着艾克托医生跟他的朋友爱德华开玩笑，尤利克心想，总有一天，他会对喀卜隆呐克人的国度怀着满满的乡愁。

5

稍晚，他又和玛希·雅莉克丝在一起了。

"玛希·雅莉克丝，我已经不是您北方来的小礼物了吗？"

"事情太容易了……"

"不管怎样，您永远都是我的南方来的大礼物。"

"我觉得您好像已经接受了其他礼物。"

她转身背向他，仿佛要让他知道，刚才的亲近只是一段插曲，现在已经结束了。她苍白的背很漂亮，两道肩胛骨像两只还没长出来的翅膀。

他犹豫着。他该把事情一五一十地告诉她，还是继续维持这种比较保险的模糊状态？这个问题没有答案，因为在因纽特人的国度，在实际的生活里，没有任何事情是藏得住的。如果您趁另一个人出外打猎的时候和他的妻子有一段情史，这个人回来的时候，一定会有人告诉他。所以最好还是跟这个人商量好，让他把妻子借给您，下次轮到您离开营地的时候，就用同样的条件交换，或者，如果您是单身汉，那就用一项劳务或是您为他猎来的猎物交换。他在那家大型杂志社的会议上说起这种事的时候，所有在场的女人都一脸被冒犯的样子，但是又试着维持好脸色，免得让他不高兴。她们不明白，而且也很难解释的是，这种交易有时候是由女人自己决定的，因为她们也觉得需要一些变化。而且，有些女人还会借此掌控她们的家庭，她们会让疑心病在空气中盘旋，让她们的丈夫拿自己的性能力和其他人较劲。可是他不敢跟自己不认识的女人谈性，虽然他也留意到了，在这里，这么做不一定是不得体的。总之，在部落里，自从两个猎人把妻子借给他之后，就再也没有人想把妻子借给他了，他因此怀疑起自己作为情郎的能力：是不是他的能力太差，所以女人们在背后说起，于是再也没有女人愿意接近他？还是刚好相反，他的能力太出色，结果所有男人都听到了风声，于是决定永远不要再把妻子借给他？看到玛希・雅莉克丝和嘉桑特的反应，他现在可以倾向于第二个答案了。

"你在想什么？"她问道。

"在想因纽特人的国度。"

她转身面对他。只要他流露出悲伤或思乡的神色，她就会回头来找他。女人也有可能很爱保护她所爱的人。

"您在想因纽特国度的什么事？"

她的牙齿在粉红色的嘴唇之间闪闪发亮，她蓝色的目光沉浸在他的目光中。

"我觉得心都碎了。"

"心碎？"

他看到她的额头上出现一道皱纹，那是他的力量在她身上展现的效果。

"我在这里很好。"他边说边抬起手臂，像是同时指着她、房间，还有在公寓另一头正在熟睡的孩子们。

"可是您还是想要回到因纽特人的国度。"

"是啊，因为那是我的国度。风……"他说了起来。

可是这有点难解释，早晨的风声在春天会捎来大浮冰的爆裂声，这时您就可以信心满满地起床了，您会在海滩上找到几头沉睡的海象。

而且，当然，还有呐娃拉呐娃。可是这又是个敏感的话题了。

"喂，尤利克，我们在报道影片最后看到的那个很漂亮的因纽特女人，您跟她很熟吗？"

不管到哪里，世界上的女人都是一样的。

"是啊。在因纽特人的国度里，每个人都彼此认识。"

"她结婚了吗？"

"还没。"

"会不会你离开之后她就结婚了？"

"不会！"

他的身体整个紧绷起来，他感觉自己的心跳得更快了。

她用手肘支着身体，好把他看得更清楚。

"我的北方来的小礼物……人生好复杂，是不是？"

她把她的唇覆在他的唇上。

6

托马坐在扶手椅上的时候，两脚根本够不着地。玛希·雅莉克丝解释说，孩子的父亲离开时，这个小男孩坚持要住在他父亲拿来当书房的这个房间，而且把所有家具都摆在原来的位置。尤利克此刻坐在托马的正对面，距离不到一米。

"好，托马，我们开始练习啰。"尤利克说。

"希腊人有一个疑问，他们想知道地球是扁的还是圆的。有些人认为地球是圆的，其中有一个人，他的名字叫埃拉托色尼，他问自己，该怎么计算地球的圆周长呢？他发现在他的城市里，到了夏至那一天的中午，太阳恰好会垂直掉进某一口井的深处……呃，这里吗？"

"太棒了。甚至可以再往前面一点。"

"什么时候？"

"你说到埃拉托色尼的时候。"

"可是埃拉托色尼,他的事情很有趣啊!"

托马的泪水突然涌上眼眶。

"当然啰,托马,可这只是在练习嘛。"

这个练习已经连续进行到第六天了。托马要对尤利克叙述他熟记的一个主题,要一边说,一边观察尤利克的脸,尤利克的脸上一出现无聊或是没兴趣的信号,托马就得停下来。这个练习是艾克托医生设计的,为的是提升托马对对话者的注意力,让他渐渐可以适应真正的对话方式,这是让他更好地接受同龄同学的第一步。艾克托医生想做这个练习已经很久了,可是几个不同的老师或治疗师都进行不下去,因为托马对他们不够感兴趣,所以也没意愿去留意出现在他们脸上的无聊信号。尤利克的出现改变了一切,他是唯一让托马觉得够重要的人,这样托马才会去注意他的表情变化。

"我也对埃拉托色尼很感兴趣,可是现在,我们在做练习。"尤利克又说了一次。

"是啊,确实是。"托马吸了吸鼻子说。

他看着尤利克,然后继续。

"可是在亚历山大城,同一天的同一时间,我们却看到柱子有影子……所以埃拉托色尼以此推论,如果这两个地方的太阳光是一样的,那就是这两个地方的垂直线跟太阳的关系不一样。这里!"

"对了,太棒了!"

"我看到你开始无聊了。"

"很棒，托马，这并不容易，我只是改变了一点我的眼神。"

"嗯，那我可以继续吗？"

"当然可以。"

"……这两个地方的垂直线不一样，那就是因为地球是圆的，于是……"

尤利克一直看着托马，但是用眼角的余光他猜到房间的角落出现了一个动作，就在门边。他没有移开目光，可是他知道茱莉叶特刚刚走进来了。她一定没想到他可以看见她，可是如果我们住在一个地方，那里的熊有可能无声无息地跑出来，我们就会学着怎么让视野变宽。

"这里！"托马大叫一声。

这一次，托马留意到的是一次真实的分神。了不起的进步。

"太棒了，托马！"

尤利克猜到茱莉叶特出现了，动也不动，静悄悄的。

"现在，"托马说，"换你了。你讲一个故事给我听，等我开始不专心的时候你就停。"

"从前的从前，有一个骄傲的因纽特人，他远离了他的国度……"

"这是一个新的故事吗？"

"是啊，我刚编出来的。"

"好，你继续。"

"从前的从前，有一个因纽特人远离了他的国度。他坐在一只空心的'大鸟'里头飞行，来到喀卜隆呐克人的国度。每天早上，他都会去一个真正的喀卜隆呐克人的家里吃早餐。渐渐的，这个家庭也变成他的国度……"

在他身后，他听见地板发出的声响。

"……吃早餐的时候，通常有烤吐司，也有没烤过的面包，不过我们也可以把面包拿去烤，只要我们把它切得够薄。这里吗？"

"啊，对，"托马说，"这些面包的事情真的太啰唆了！我比较喜欢那些因纽特国度的故事！"

"什么样的故事？"

"讲到海象的故事。"

"好……这里的人都以为因纽特人坐皮艇去猎海豹，这就透露出他们从来没看过一条一吨重的海象潜入水里的时候会引起什么样的漩涡。"

"一吨，那是一匹很壮的马的重量耶，"托马说，"一匹布洛涅或是佩尔什的马。从'马肩隆'量起来，最高的可以有一米八耶！"

"托马？"

"啊，对了，真是的，现在是你说故事的时间，这是我们练习的另一个回合了：要教托马不要打断别人。"

茱莉叶特在他后面，没有移动。小水獭，尤利克心里想着，我已经抓到你了。

7

他们去参加了另一场会议，在城的西边。他们经过一个巨大的广场，广场上，车流从四面八方涌来，再一次，玛希·雅莉克丝以令人惊讶的熟练技术开着她的小车，宛如一个猎人驾着他的皮艇在流动的冰山之间穿梭。她穿了一条很短的裙子，露出她漂亮的大腿。和狄安娜光裸的肚脐比起来，这并不是太挑逗，不过这里的女人似乎就是要穿得让男人心动到不行，他每次看到都还是非常惊愕。可是既然她们已经学会不要男人也可以活下去，那她们这么做的目的又是什么呢？她们的身体想说的事似乎跟脑袋说的不一样，他这么想，她们的脑袋或许可以肯定她们是独立的，可是她们的身体呐喊着不要自己一个人醒来，不要没有另一个身体可以拥抱。

等他们开到一条比较平静的大街上，他决定问她这个问题：

"玛希·雅莉克丝，有一件事我不明白。"

"什么事，我亲爱的尤利克？"

从他在外头过夜的第二天开始，白天的时候，她不叫他"我北方来的小礼物"，而是叫他"我亲爱的尤利克"，语调中带着某种距离感。

"为什么您没有再婚？"

"这是个好问题。"玛希·雅莉克丝笑着说。

"我知道在这里一个男人不能有两个妻子，或者该说女人不接受这种事。艾克托医生跟我解释过。"

"那天晚上，在丽兹大饭店吗？"

"不是，是在他的诊所啦。"

他几乎咬到舌头：他这不是承认了艾克托医生曾经去过丽兹大饭店，而她在电话里听到的就是他的声音吗？

"好吧，那我也得请他给我一些解释。"玛希·雅莉克丝皱着眉头说。

最好不要这样吧。尤利克决定对她和盘托出：毕竟他是先和嘉桑特做了爱之后才成为玛希·雅莉克丝的情人的，所以这也不算真的不忠诚。可是这会儿她已经开始解释为什么她没有再婚了。

"问题是，"她说，"我不能真的吸引到很多男人。我这个年纪的男人都结婚了，不然就是为了一个比我年轻十五岁的女人离婚了。我当然也可以去找一个年纪比我大的男人，可问题是我对这些珍贵的老东西也不是那么有感觉。而且，他们如果有机会，也一定会去追求年轻的女人，我是说，在我这种位置的老男人……"

"为什么是在你那种位置呢？"

"因为他们有个好的社会地位，所以他们有点太老的事实就会被忽略。如果是个四十岁的会计去追年轻的女孩，他就是个恶心的老头子；可是如果他是个大人物，他和一个大学生有恋情，那就是个神奇的爱情故事，他们的结婚照会大大方方地登在报纸上。这种事对他的前妻还真是体贴！"

　　显然，这是喀卜隆呐克的大人物们在伴侣关系中无法忍受的一种挫折：保持忠诚，不要去追求年轻女人。当然了，在因纽特人当中也有一些好猎人会去娶一个比他年轻的妻子，不过通常都是因为他的第一任妻子病死或难产死了。总而言之，到了玛希·雅莉克丝说的这些老喀卜隆呐克男人追求年轻女人的年纪，大部分的因纽特人都已经死了。

　　"我不会说那种稀有动物不存在，"玛希·雅莉克丝说，"一个跟我同样年纪或是稍微大一点的，离过婚，没有太多问题的，而我跟他又谈得来……还有，忠诚。"她补上最后一点，然后恶狠狠地瞪了尤利克一眼。

　　"嗯……我会解释给你听。"

　　他开始说那天晚上发生的事。

　　她还是平静不下来。她放慢车速，然后把方向盘往右打，好听他说得清楚些，这时所有车子都呼啸着超过他们。

　　"您是说您带艾克托医生和这两个女孩子去？"

　　"不是，只有一个女孩子。不过一开始艾克托医生并不想去。"

　　"可是他跟她留下来了？"

　　他后悔开始对她说。他很想把一些关于自己的事告诉她，可是把艾克托医生牵扯进来让他觉得有点困扰。

　　"对呀，他需要**呐喀里可**，您知道的。"

　　她知道这个词——安慰、同情，这和她学过的黑河地区的乌克图斯人的用语是一样的。

"呐喀里可！是啊，当然啰，这样一切就解释得过去了！"

他看见她试着做出不屑的表情，却忍不住露出微笑。

"呐喀里可！"她说，"搞什么啊，真是……"

当她笑了出来，并把车开回原来的车道汇入车流时，他在心里对自己说，他爱她。

8

"各位亲爱的朋友，今天一整天，你们听到来自我们企业不同部门的人所报告的，提到了今年实现的所有进步与所有胜利，在如此艰困的境况中……"

演讲厅像一座巨大的玻璃冰屋，容纳了数百名坐在蓝色小塑料椅上的听众。几个大型荧光屏播放着特写镜头。弗萝伦丝正在挨着一个麦克风说话，她的耳环在投射灯的光束中不时闪烁着熠熠的亮光，像在为她说的话标上重点。在一张像一只小鲸鱼一样长的桌子后头，总裁坐在那里，身旁围绕着几个比较低层的首领。

虽然玛希·雅莉克丝没来（她去参加另一场会议了），但这一回尤利克并不觉得无聊，因为在弗萝伦丝出现之前，大型荧光屏上放了好几段影片。画面上播放的是一些关于公司在非洲或亚洲的丛林里钻井勘探的报道；在不同的海拍摄的海底画面，公司在那里铺设了无数的油管；油田，几百台抽油机的帮浦杠杆有节奏地运动着，把石油从地底深处打上来；几个海上平台，像架在高跷上似的；几艘大船破浪而来，如果坐在皮艇上遇到这些大船扬起的浪头，恐怕不会有什么好事。对一个还没有很多旅行经验的因纽特人来说，这一切都很有趣。突然，天际出现了一个他不认识的海域，一座座大山神秘地浮现在海平面上，像一群鲸鱼的背脊动也不动地定在那里。接着镜头来到群山之间，再到它们覆满植被的岩壁，陡峭的山崖直接伸入宁静的海里，仿佛一座座大冰山复活了似的。他被这个地方的美景撼动了。

"……最后，是下龙湾，提醒您别忘了我们在越南的投资计划。"弗萝伦丝继续说，"不过，现在我想让大家认识一位嘉宾，他代表他的族人，他也是我们企业为了保护环境所做的努力的见证人……"

他往围着大桌子坐的那些人走去，此时会场响起一片掌声。

"请坐，我亲爱的尤利克。"总裁指着他身旁的一个座位（这个位子刚由一个没那么重要的首领让出来）。

正当总裁开始另一段演说时，他在巨大的荧光屏上瞥见自己的脸。总裁说着他们的第一次会面，还不时提起会面前的那次围猎活动。

"我希望尤利克来跟大家说说话，因为我认为我们有一些事情要向他学习。当我们必须生活在零下四十摄氏度的气温里，除了可以从环境中获取的东西，没有其他任何资源，这时候我们没办法只靠自己一个人，我们得依赖团体——在这里，我们会说'我们的团队'——我希望尤利克告诉我们的，就是这个。因为在他们那里，跟在我们这里一样，只有团队才会赢。"

掌声再度响起。尤利克明白"只有团队才会赢"就像这家公司流行的某种祈祷用语，只要通过一位大首领说出来，立刻就会引发一阵掌声。他要去找玛希·雅莉克丝解惑，因为他实在搞不懂，这些人可以制造出像他们的大船那样那么复杂的东西，为什么还会为这种人尽皆知的事情鼓掌呢？

不过，此刻，他得跟他们说一说打猎和打猎的规则了。他开始说了，他相当确定自己会说得很成功。

9

"我亲爱的尤利克，您的意思是，打猎的时候所有人都会参与？"

总裁的一口白牙在巨型荧光屏上闪闪发亮，仿佛尤利克刚刚说的事让他深深陶醉。

"当然了。当您在猎海豹的时候，您得等着它上来，这时候，其他人得跟您轮班，因为我们在冰天雪地里停着不动的时间不可能太长。当您坐船出去打猎的时候，得有人划船，有人监看，有人负责射鱼叉。当然，猎熊的时候，得有好几架雪橇一起追捕它，所以您有好几只狗都暴露在危险之中。就算是最后没有亲手杀死熊的那些人也会分到一份。"

"这就是了，"总裁说，"就像我们一样，'只有团队才会赢'。每个人都要参与，因为每个人都知道，成功要靠他。"

弗萝伦丝接了话。

"或许有些人有问题想要问尤利克。麦克风会在大厅里传来传去。"

他饶有兴味地等着看大家要问他什么问题：比起喀卜隆呐克人给的答案，他在他们问的问题当中，理解了更多关于他们的世界的事情。

一个女人拿到了麦克风，她很苍白，穿着暗色系的衣服，干瘦的脸看起来有点像饥民。

"在您刚才说的事情当中，您提到了男人，在你们那里，女人是不是团队的一分子？"

现场静默了一下，几声惊叹，甚至还有几声笑。他想起上次去电视台时人家问他的问题。显然，她们很在乎这种女性角色的问题。

"女人也是团队的一分子，"他说，"她们处理衣服的问题，她们要缝衣服、嚼皮革。一个猎人的衣服如果不好，他是走不远的。"

不过这个年轻女人的坏心情似乎还没平静下来。

"可是她们没打猎。"她以责备的语气说。

"她们不会猎大型的猎物，但是她们会用手捞网去抓海雀。"

"可是她们为什么不能跟男人一起去猎大型的猎物呢？"

"因为她们得留下来照料小孩和冰屋。"

现场还是有一阵阵窃笑。为什么这种人尽皆知的事情会让他们发笑呢？

"是啊，"年轻女人接着说，"可是为什么男人不做这些事呢？"

"因为他们去打猎了。"

这一次人们笑开了。他得去回想玛希·雅莉克丝的样子才记得起来，人们并不是在嘲笑他。

弗萝伦丝对他说："希乐薇想知道的是，为什么你们不用另一种方式分配工作呢？有些女人有时候可以去打猎，让男人去照料冰屋的事。"

他想起艾克托医生给他的建议：觉得尴尬的时候，可以用另一个问题来响应。

"我知道，"他说，"可是这样有什么好处呢？"

"说不定女人也喜欢打猎呀？"弗萝伦丝问道。

他认真想了一下，面对这些面带微笑看着他的脸，又看到自己的特写镜头出现在巨型荧光屏上，实在很难专心。

"我想，她们或许会喜欢打猎……如果我们从小就教她们这些事。不过我们没有教小女孩打猎。"

"那如果你们教她们呢？"

"说不定有些会变成相当好的猎人，谁知道呢？"

"这就是了，"名叫希乐薇的年轻女人接着说，"在这里，女人和男人做的工作形态都一样。"

"是啊，我留意到了。可是在打猎这方面，女人永远不会像男人那样做得那么好。"

大厅里一阵窃窃私语。他发现几乎所有男人都在微笑。

"为什么？"希乐薇问道。

"因为女人不喜欢杀戮。"

又是一阵窃窃私语。他感觉很多人都同意他的说法，这让他有勇气继续说下去……

"女人应该温柔而敏感，才能好好照顾她的孩子。如果您温柔而敏感，您就不适合去杀戮。要当一个好猎人，女人得变得更狠心。可是女人不再温柔、不再敏感，谁想要当她的丈夫？"

台下传来一阵吵嚷，有笑声，有窃窃私语，有愤怒的声音，也有掌声——一阵喧哗。有几个女人站起来往出口走去，总裁继续微笑，弗萝伦丝则拍了拍麦克风，把话接了过去。

10

这一次，麦克风传到一个年轻男人的手里。

"我叫谢德希克，"他说，"我是这家公司的新进员工，人力资源部，到职一年。我想知道的是，你们如何分享打猎的成果。"

弗萝伦丝插了话。

"谢德希克，您的问题很有趣。"她以一种王者之姿说，"可是您可不可以在我们关心的'团队会赢'的意义上，把您的问题说得更清楚一点？"

"当然可以。为了维持一个团队的积极性，一定要让每个人觉得自己受到奖赏。我想知道的是，在尤利克的家乡，他们是怎么做的？"

尤利克端详着谢德希克——跟所有在场的男人不一样，谢德希克并没有打领带，可是就他所知，这是喀卜隆呐克人所有大型场合的惯例。他有一种奇怪的感觉，他觉得谢德希克已经知道自己提的问题的答案，也知道关于因纽特人生活的种种，而谢德希克只是希望尤利克把答案告诉自己的所有同事。

他看见弗萝伦丝想找些话说，不过他还是开始讲了，因为他觉得很自豪，可以解释在因纽特人的国度分享的规则是什么。

"我们切割一头海豹或一头熊的时候，得处理得很正确，而且用的是同样的手法。接着我们会把一块块的肉分给所有参与打猎的人。"

"连那些没有杀死动物的人也分吗？"谢德希克问道。

"当然了。我们很清楚，不是所有人都一样强，或是一样熟练，也知道有些人的打猎技术就是一直比其他人好。可是就算是最好的猎人也应该分享，不然谁想跟着他一起去打猎？"

"可是如果他自己去打猎呢？"

"就算您自己去打猎，您回来的时候也得跟大家分享。"

"可是比较好的猎人分到的那一份不会比较大吗？"

"在丰收的季节，他可以多得一份，可平时是依照您家里的小孩数目来分的。"

"所以最好的猎人不会比其他比较差的猎人分到多一点的食物啰？"

"不会，大部分的时候，没有什么差别。"

"好，"弗萝伦丝插了话，"您的问题得到答案了。下一位？"

"请等一等，"谢德希克继续说，"我也想像刚才的希乐薇一样，想问尤利克，为什么他们没有设想另一种系统。尤利克，如果每个猎人都把打猎的主要成果保留下来，会发生什么事？这么一来，好猎人可以养更多小孩，甚至有好几个妻子。而差的猎人，小孩和妻子就比较少。"

尤利克很确定，这个男人懂得因纽特人的生活。

"有时候，有些很好的猎人会受到这种事的引诱，"他回答的时候想到那个爱吹嘘的库利司提沃克，"他们会留下猎物当中最大的一份，用他们猎来的兽皮给女人留下深刻的印象。可是这种事行不通。"

"为什么？"

"因为其他人会讨厌他。仇恨会定下来，他在部落里的生活就会变得困难。为了在部落里活得愉快，就不能有太大的差别。这就是我们总是分享的原因。"

他发现总裁、弗萝伦丝和比较低层的首领似乎已经绷起脸有一阵子了，可是等谢德希克问了这个问题之后，他看见他们的脸绷得更难看了。

"那么一个部落最好的猎人赢得——这么说吧——比普通的猎人多一百倍的猎物，您对这样的事有什么看法？"

"这就不再是个部落了。"尤利克说。

"为什么？"

"因为有太多的恨。"

台下一片哗然，这次，响起的是如雷的掌声。可是，奇怪的是，总裁和弗萝伦丝没有丝毫笑意。

11

会议结束之后，弗萝伦丝送他回去，她的车子比玛希·雅莉克丝的宽敞得多，车头很怪异地让他想起鲨鱼的嘴。

车子开在高速公路上，因为石油公司的总部设在首都的城外。玛希·雅莉克丝通常都把车开在中间的车道，弗萝伦丝则是一直开在最左边的车道，不断地超车，超过无数辆车子，逼着前面的车子让路。

他观察她开车的方式，想起她主持会议的权威，尤利克在心里问自己，他最后说的关于女人厌恶杀戮的那些话到底是不是真的。他可以替因纽特女人回答这个问题，可是像弗萝伦丝这种女首领，她们占据的是通常保留给男人的职位，她们也厌恶杀戮吗？艾克托医生不是说过，她们在这里像男孩子一样被养大吗？而男孩子确实容易有暴力倾向。

尤利克心想，如果年轻的谢德希克留意到弗萝伦丝在会议最后瞪着他的眼神，他应该会开始害怕吧。

她突然换了车道，害得他跳了起来。

"您会不会怕坐车？"

"不会。"

多天真的问题啊，竟然问一个因纽特人会不会怕！他跟玛希·雅莉克丝在一起的时候比较自在，可是他如此招认的话可能是找死。

"您开车比玛希·雅莉克丝快。"他还是忍不住说了一下。

"噢，这辆车就是做来快开的，而且我喜欢开车。"

"我也是，我也喜欢开车。"

"那我可以教您。"弗萝伦丝说着，露出浅浅一笑，意思是她在开玩笑，可是这笑容又透露出另一种意图，这个意图是完全认真的。

他偷看了她一眼，她比玛希·雅莉克丝年轻，可是个子比较矮，没那么纤细，动作和声音里有某些稍显粗鲁的东西，对一个脸庞如此优雅、妆化得如此完美的女人来说，这样的组合有点令人惊讶。他对她充满好奇，她是个女人，同时也是个喀卜隆呐克人的大首领，他很好奇，她做爱的时候是不是跟其他女人不一样。（嘉桑特现在跟他做爱的方式比起第一次低调多了，或许是因为比较真心了，在这方面，她变得比较接近玛希·雅莉克丝了。）

另一方面，或许他完全搞错了，他不该忘记，自己对喀卜隆呐克女人的认识很少。而且，玛希·雅莉克丝有可能不希望他跟她的朋友弗萝伦丝混得太熟。

"您跟玛希·雅莉克丝相处得好吗？"

"是啊，我觉得对我来说，她是很好的人。"

弗萝伦丝又笑了，他明白她知道他们的事。

"噢，不过我相信您对她来说也是很好的人。"

"那是一种运气，也是一种机会。"

她浅浅一笑，斜眼看着他，这一次，他知道他绝对没有搞错。

"您说得对，我亲爱的尤利克，机会来的时候一定要把握。"

"而且，不能因为太贪吃而毁了它。"

她又露出微笑。这种暗示性的说话方式非常好玩，他想起他在谭布雷站长的一本书里读过的一个字眼：故作风雅。没错，这就是在故作风雅，这是因纽特人不知道的一和语言风格，可是学起来并不难。

"您知道吗，尤利克，贪吃已经不是我们宗教里的一宗罪了。"

"可是贪婪呢？它还是一宗罪吧？"

"噢……七宗罪您都知道？"

他在《天主教教理》这本书里读过。

"是啊，为了多了解你们一些。"他说。

她又露出了微笑，可是没有把目光移离路面：她正在逼他们前面的一辆车让路。

"为了多了解我们一点？您的意思是，我们女人？"

"噢，也包括男人啊。不过当然了，女人比较难了解。"

"真的吗？可是现在，我觉得您对我还蛮了解的。"

"您人太好了。我只是个很笨拙的因纽特人，我尽力做到最好而已。"

"而且，您还嘲笑我。"

"我可从来没有这种想法。"

她又笑了。

"您想不想把握我们的机会？"

"我不知道，如果玛希·雅莉克丝……"

"玛希·雅莉克丝又不一定会知道……"

他在心里问自己，他还能说不吗？答应的话，会不会给他带来更大的麻烦？可是弗萝伦丝已经把车子转向高速公路的出口了。

12

"用力，再用力一点。"弗萝伦丝喘着气说。

她以她一贯的首领权威和速度，把他带到机场附近的一家大旅馆里。此刻，在这个房间里，她让他很清楚地知道，她想要被推倒、被弄翻、被穿刺，这些姿势让人想起动物，因纽特男人和女人做爱时从来不会用这种姿势。她全神投入，发出热切的呻吟，片刻之后，她突然开始抗拒他，开始挣扎，结果他不得不更用力才抓得住她，这时她终于放弃了，可是没过多久又开始抵抗了。

这很刺激，而且还有点吓人……这种做爱的方式让他觉得有点像在打猎，得付出很多努力，最后才能征服猎物。

"弄痛我，骂我。"她的脸贴在他耳边嘶喘。

他以为自己听错了，可是她又在一次喘息中重复了同样的话。没错，她要求的正是他弄痛她、骂她。玛希·雅莉克丝的身影出现在他眼前——激烈却低调的狂喜之中，她的眼皮因为害羞而低垂。他任由自己瘫在床上。

"还没结束！"弗萝伦丝气愤地说。

看到他的阳具还雄赳赳的，她确实会这么想，可是他知道已经结束了。

"我想我们已经把握了我们的机会。"他说。

她立刻改变了态度，钻到他身边，几乎要像只柔顺的猫咪发出呼噜呼噜的声音了。

"一次非常美丽的机会。"她低声对他说。

他觉得这是一次有趣的体验，可是他不一定会想要再经历一次。她偷看了一眼手表——做爱的时候她并没有拿下来。

"你害我迟到了。"她用平日的语气说。

　　她这么说着，仿佛这是一项辉煌的成就。她立刻回到现实，回到首领的态度，速度之快，令人惊讶。她起身走向浴室，可是他一把抓住了她，她也任由他这么做。他把她带到身边，勾着她的脖子，像是不让一只小狗跑去玩。

　　"弗萝伦丝？"

　　"嗯。"

　　"我想我们还是应该继续以'您'相称。"

　　她静默无语。他不想提到玛希·雅莉克丝，可是弗萝伦丝马上就明白了。

　　"当然了，我亲爱的尤利克，跟您一起度过的这些时刻让我很快乐。"

　　"就是这样。"

　　"噢，当然了，我也不想让玛希·雅莉克丝难过。"她挣脱他的怀抱，往浴室走去。他在她的声音里感觉到一丝怒气。

　　他依然躺在床上，听着她一边淋浴一边哼着歌。这是他旅居此地以来，第一次感到身体上的疲顿。跟弗萝伦丝做爱是一种让人筋疲力尽的活动，就像在崎岖不平的地面上驾驭雪橇。他一定要告诉她，可是他想她应该不会喜欢这种比喻。

　　"换您了。"她走出浴室时已经化好妆，娇艳的模样仿佛刚从会议室走出来。

　　他明白了像弗萝伦丝这样的女人的大秘密：我们会在她身上发现两个完全不同的人，得看她是站着还是躺着。男人要这样恐怕很难。

13

后来，在车上，她一脸阴郁地开着车。他无法忍受这种静默，同时他想进一步理解女人的那股渴望又苏醒了。

"弗萝伦丝？"

"嗯。"

"我想问您一个问题，可以吗？"

"问啊，不必请求许可。"

"好。为什么您没有男人？"

她看着他，不高兴的神色很明显。

"谁告诉您我没有男人了？"

"呃，我要说的是，您是个非常迷人、非常漂亮的女人……可是您没有结婚，您没有小孩。"他补上这一句。

他看着她的脸色变得柔缓。这种共通的特质，喀卜隆呐克女人和因纽特女人都一样。

"噢，我亲爱的尤利克，这种事有点难解释。"

"请告诉我为什么，您这么聪明，您可以的。"

她笑了，同时以他不习惯的速度不断超车。

　　"这么说吧，小弗萝伦丝看到她的爸妈离婚，她明白了有能力独立、不需要男人是非常重要的……而且，我也不觉得自己漂亮，所以我想我应该找不到丈夫。而且，因为我知道，不管怎样他们终究会离开……所以我很努力工作，我通过了一些很难的考试。"

　　"可是您的生命里没有男人吗？"

　　"有啊，不过那时候我觉得跟我一样年纪的男人没什么意思，于是我开始跟一些已经结婚的老男人交往。"

　　"可是他们的妻子知道吗？"

　　"不知道。呃，有些人的妻子会怀疑啦。不过她们也没说什么。"

　　"他们都是一些大首领。"

　　她惊讶地看着他。

　　"是啊，一些大首领……其中有一个尤其是。"

　　"可是你没有过哪个时刻很想结婚，很想有孩子吗？"

　　"您可真好奇，我亲爱的尤利克，我真不知道我跟您说这些做什么。"

　　"因为您对我有好感啊。"

　　她笑了。

　　"是啊，您感觉到啦？而且很有好感，今天，我说不定会想有个孩子，因为我已经剩下没几年可以生小孩了。不过问题是，我找不到适合这件事的男人。"

　　"为什么呢？您非常有吸引力啊。"

　　"您别再说了，没那么有吸引力啦，我自己知道。"

"弗萝伦丝，您很清楚……"

"是啦，我知道，我知道。总之，就连跟您，我也重复了我的模式：我选择已经有人要的男人。"

"可是您为什么不去找单身的男人呢？"

"因为我这个年纪的男人……比较好的那些都已经有对象了。而且，还有一个问题……"

"什么问题？"

"我的职位相当高，您知道的。我是一个喀卜隆呐克人的女首领——你们是这么说的吧？"

"是啊，是这样。"

"而这个，这让男人害怕。女的首领，这种事应该不会让他们兴奋吧。"

"您只要去找比您更高层的男的首领就好啦。"

"可以啊，可是这么一来，有可能的人选就少很多了。而且这些人，问题还是一样：在他们的年纪，他们都已经结婚很久了，不然就是为了比我更年轻的女孩子而离开他们的妻子。"

"玛希·雅莉克丝也这么说。"

"啊，真的吗？她至少年轻的时候还结过婚，而且还有了小孩。"

他在心里问自己，玛希·雅莉克丝在和夏勒结婚的时候，是不是觉得自己找到了"对的男人"？他想到托马和茉莉叶特，他想待会儿就去找他们。他觉得待在弗萝伦丝身边让他浑身不自在，这场冒险让他后悔。跟嘉桑特在一起的时候，他不会感觉到自己背叛了玛希·雅莉克丝，因为他们之间的关系在玛希·雅莉克丝吻他之前就开始了。他跟玛希·雅莉克丝和嘉桑特在一起的时候，也不觉得自己背叛了呐娃拉呐娃，因为他在一块异国的领土上，而且，他和呐娃拉呐娃还没有做过爱。可是在他和弗萝伦丝一起度过的这个小时里，他觉得自己背叛了呐娃拉呐娃、玛希·雅莉克丝和嘉桑特，而得到的欢愉却很乏味。现在，他只希望他们可以尽快分开。他试着让自己放松，不要让她发现。他没忘记她对他有多重要、她可以为他的部落做多少事，可以让他胜利归乡，娶呐娃拉呐娃为妻。

"所以，这不算是背叛！"他心里这么想。

14

接下来几天，一连有好几件大事。

报道《尤利克：他怎么看我们》刊登在那份大型女性杂志上，配上几张尤利克的照片。其中有三张是他裸着上身，在几张毛皮的背景前摆出一种漫不经心的姿势。这一期杂志再版了好几次，刷新了先前由一位知名歌手创下的印量纪录。报道也翻译刊登在这份杂志的所有外文版上。

杂志一出刊，好几个电视节目的邀约就来了。弗萝伦丝和玛希·雅莉克丝坐在客厅的沙发上讨论这件事，他听着她们说话，看着这两个女人做决定，而他这个男人却无事可做，只等着她们来导引，他心里觉得很神奇。

"好，这个节目，尤利克得上。"弗萝伦丝说，"他完全在他们的主题里：大海。"

"而且，这个节目很棒。"玛希·雅莉克丝说，"托马和茱莉叶特会看，我也会看。"

"而且这个节目很多环保人士会看，这样对我很好。"

"你的意思是，对你们总裁和公司很好吧？"

"没错，所以对给你们高贵的组织的那些捐款也很好！"

她们经常斗嘴，可是下一分钟又笑成一团。他试着回想因纽特女人之间的争吵，可是很难想起什么，因为那里的女人总是会想尽方法，不在男人面前讲女人之间的话。

"那这个呢？"

"嗯，我觉得不怎么样。这个节目有太多名人了，来宾的类型也太多，我想他如果去参加的话，进行到一半就会受不了了。"

"我也觉得，而且这个节目实在不怎么样。"玛希·雅莉克丝说。

弗萝伦丝笑了。

"不会呀，好歹也有一些部长上过这个节目啊。"

"就是因为这样我才说它不怎么样。"玛希·雅莉克丝说。

这会儿，两人像少女似的扑哧一声笑出来。看到跟他做过爱的两个女人在眼前意见一致，这画面实在太让人觉得平静了。他开始理解有两个妻子的首领了。可是，当然，此刻画面中宁静的一面有个前提，那就是玛希·雅莉克丝不知道他跟弗萝伦丝做了什么事。

"那这个呢？"

"那是个大问题。"

她开始谈一个全身黑衣的男人主持的节目——邀请的来宾是所有当下知名的人物。尤利克开始有困意了。根本没必要听下去，反正他已经决定照着她们决定的去做。

"比较正面的是，观众超级多。"

"是啊，不过现场有点像个兽栏。"

听到这个他就醒了。

"为什么像兽栏呢？"

她们看着他，仿佛突然想起来他的存在。

"嗯，怎么说呢？"

"尤利克，有时候他们会问一些不太客气的问题，或者有些人会发表一些伤害人的评论。"

"伤害人的评论？伤害我吗？"

"是啊，有可能是。"

"另一方面，他们也不是疯子，"弗萝伦丝说，"尤利克已经有个讨人喜欢的形象了，他是个外国人，他们会自我作贱，同时也作贱他。"

"对呀，结果你也知道，所有人都会忘记接着要播出的是什么节目。"

不客气的问题……伤害人的评论。从他抵达开始，所有人都对他表现得很客气，他不再需要表现得强悍来捍卫自己的荣誉或名声。他没再遇到过任何考验需要去争取胜利（除了跟弗萝伦丝做爱，可是这件事只发生了一次，而且也没留给他任何胜利的感觉），他的生活变得有点凄凉，这种感觉他自己很清楚。有时候，他觉得自己不再是个男人了。

"我愿意去上这个节目。"他说。

15

"所以，尤利克，您来到我们这里三个星期，已经成为一个明星了！我们在电视上看到您，在一份大型杂志上看到您……女士们、先生们，请慢慢欣赏！"

这时，尤利克在大型女性杂志上的照片出现在巨型荧光屏上，观众在奏出一段凯旋音乐时不断鼓掌。他知道，这一切在另一个房间里的玛希·雅莉克丝和弗萝伦丝也都看得到，那里也有一台电视机。

"好的，尤利克，您来自一个男人都去打猎的国度……"

怪事，主持人的黑发加上高耸的颧骨，看上去很像因纽特人传统的死敌——克里族（Cree）的印第安人，他在玛希·雅莉克丝的书上看过。不过主持人看起来很友善。

"……可是女人，她们都留在家里照顾小孩。她们是不是一向都同意这么做？"

这个领域是他熟悉的，尤其在他和艾克托医生聊过之后，他觉得可以答得很轻松。

"这是一种分享，"他说，"所有人都在其中得到自己的一份。"

主持人看着观众，同时噘起嘴表示他对尤利克的回答的敬意，掌声再次响起。

主持人继续问他几个关于因纽特人生活的问题，都很中肯，显示出自己真的做过功课，这也让访谈进行得很顺畅。一切都进行得很好，他不明白为什么玛希·雅莉克丝和弗萝伦丝会把这个节目描绘成一个兽栏。

"现在，女士们、先生们，让我们欢迎不留在家里的这位，她应该是那种会外出打猎的，她叫艾德琳。"

所有人都鼓掌，这时一个女人从帘幕后走上台，在尤利克附近坐了下来。

她有一点胖，但是胖得很得宜，脸上挂着一抹美丽的微笑——虽然整体来说不是非常漂亮。她应该有三十来岁，这是因纽特女人已经生完所有小孩的年纪了。

"艾德琳，您刚刚写完一本引起广泛讨论的书，这本书正要成为畅销书，书名是《我不需要任何人》。"巨型的荧光屏上出现了书的封面，观众再次鼓掌。艾德琳露出微笑，可是尤利克留意到她的防御心理还是很强。

　　"艾德琳，在您的书里，您说在一些实际的经历之后，您发现自己一个人比跟一个男人在一起快乐。除此之外，您还说有很多女人也这么认为，只是不敢说出来，因为人们认为这样的想法让人不舒服，而且对社会来说，女人是一种脆弱的生物，她们需要男人，可是其实大家都知道这不是真的。"

　　"是的，"艾德琳说，"大部分的女人都觉得自己一个人生活就很好，就像我，而这就是我想要说的。"

　　"可是艾德琳，毕竟您也跟男人一起生活过，您甚至还差一点结婚了。"

　　"是的，因为我以前跟所有人一样。可是现在，我发现跟男人在一起的时候，我不是那么快乐，而我却强迫自己相信。"

　　"哎呀，我们现在知道为什么他们都闪人了。"

　　观众爆出笑声。说话的是一个矮个子男人，穿着蓝色的衬衫，坐在他们后方。尤利克一上节目就注意到他了，因为玛希·雅莉克丝和弗萝伦丝早就提醒过他，说这个人有可能会做出冒犯别人的评论——所以必须冷静，不要理他。尤其是不可以打架，玛希·雅莉克丝特别强调了这一点。可是矮个子男人在他说到因纽特人的生活时并没有插嘴，其第一次冒犯别人的发言发生在刚才。尤利克原本以为艾德琳会严厉地反驳，可是他很惊讶，他只看到她在观众大笑的时候有点尴尬地微笑。他觉得她受伤了，却故意表现出她没把矮个子男人说的话当回事。

　　"对不起，女士们、先生们，他不懂得控制自己。好的，那么，您说您不再需要男人了。"

"是的，而且这对所有女人来说都可以成立。我们赚钱养活自己，而且再过不久就要赚得比男人多了，因为女人的能力越来越强。譬如，在警界和司法界，再过不多久，所有阶层都要变成女性居多了。我们不再需要男人来提供我们的需求。"

"好的，可是孤独呢？夜里当您待在家里的时候呢？"

"家里没有男人不表示女人不可以出门，去跟人碰面，去看表演。我们甚至有更多可用的时间去看朋友。而且，我们听了已婚女性朋友的告白之后，更不想过伴侣生活了！"

"确实，婚姻生活不会永远是天堂，可是艾德琳……"

"可是什么？"

"有一个问题我很想问您，可是我不知道可不可以问。"主持人露出调皮的微笑问道。

"我可以回答。"

"那性爱呢？当您需要做爱的时候呢？"

"您知道的，要找到想做爱的男人不是一件难事。"

"尤其是在你付他足够多钱的时候。"矮个子男人说。

艾德琳气坏了，观众则是哈哈大笑。尤利克看到她眼里的泪光闪现了一瞬，可是她继续保持微笑，仿佛矮个子男人是个疯子，不必当回事。

"啊，真是的！他太可怕了，"主持人笑着说，"请别理他。艾德琳，您说的对您来说或许可以成立，可是孤独这件事让大部分的单身女人都因此受苦，不是吗？"

"这是您认为的。但是请看，三分之二的离婚诉讼都是女人提出的，如果她们这么害怕孤独，她们就不会这么做了。"

主持人转过来面向尤利克。

"那您呢，尤利克，您怎么想？"

他受到矮个子男人刚才发言的震撼，还没回过神来，不知该如何回答。在因纽特人的国度，公开羞辱女人是被禁止的。他无法理解怎么会没有人对这样的发言做出回应。不过他来是为了代表他的族人，不是来主持正义的，他得回答才行。

"我觉得女人可以想某些事情，然后同时感受到其他的事情。"

"您的意思是女人很复杂。"

"又是大男人的刻版印象。"艾德琳说。

观众开始笑骂，发出嘘声。可是主持人作势打断了台下的喧嚣。

"女士们、先生们，请冷静一下。我想尤利克有一些有趣的事要说。她们想什么？她们又感受到什么？"

尤利克看到矮个子男人在看他，一副伺机攻击的样子。

"嗯，她们想的是她们可以不要男人。"

"可是为什么她们会这么想，而为什么这种事不会发生在您的家乡？"

"首先是因为在这里，女人可以允许自己这么做。"

"是的，可是这并不是理由。为什么她们会想摆脱男人呢？"

"我不认为她们这么想。我认为她们很期待男人，因为她们找不到她们期待的对象，她们才会维持单身。"

"可是依您之见，她们期待的对象是什么样的呢，尤利克？"

这个问题很难回答。他不想惹恼任何人，可是他又得表现出因纽特人很聪明。

"她们的期待很多。一个男人既要强壮得可以在床上满足她们，同时也要对她们很温柔、很忠诚。"

台下一阵喧闹，主持人依然用赞赏的眼神看着观众，所有人都鼓掌了，不过还是有一些嘘声和笑骂声。怪异的是，这样他反而觉得舒服，他已经受够了所有人都对他客客气气的。

"可是在您的家乡不是这样吗，尤利克？"

"我们也一样，不过因为我们的人口很少，所以女人不会做梦：她们知道哪些男人是可以交往的，她们从小就跟这些男人很熟，知道他们的分量。在这里，女人梦想遇到她们还不认识的男人，最后要找到对的男人。我甚至看过一些女人在电视上展示自己，希望有不认识的男人打电话给她们。"

"女士们、先生们，尤利克也看《真爱，相遇》。那么，艾德琳，您对于尤利克说的有什么想法？"

"我觉得尤利克的意思是因纽特女人不管男人是什么样子都逆来顺受，因为她们依赖男人，而我们不需要再逆来顺受了。我们比较喜欢独自生活，胜过陪伴糟糕的伴侣。"

艾德琳的说法里头有某个东西击中了他，自从他来到这个国家，他就感受到好几个单身女人的欲望和她们在男人臂弯里的幸福。

"可是，"主持人说，"总是有些女人结了婚而且很幸福，不是吗？"

"没错，可是这种事可以持续多久？没多久就有一半的婚姻以离婚收场了。这还不算那些不幸福但是没离婚的。"

"啊，"主持人看着手上的一张卡片说，"确实如此，可是我也看到，在分手之后，男人再找到伴侣的机会通常比女人高。"

"您看，"艾德琳说，"这就证明了在伴侣关系中得利的是男人。"

"不过，通常他们会找到一个比较年轻的女人。"主持人读着手上的卡片。

"而且还比较瘦！"矮个子男人说。

观众爆出大笑。尤利克再一次发现艾德琳的眼角出现了痛苦的讯息。他感受到一股想要保护她的欲望，可是他什么也不敢说，因为他怕自己会引起观众更多对她体重的注意。不过他可以岔开话题。

"我有另一个问题。"他说。

"啊，尤利克，我们洗耳恭听。"

"在我们那里，女人都很害羞；在这里，女人整天都把身体显露出来，结果男人不断地渴望出轨。"

再一次，笑声，掌声，笑声。

"事情也不尽然。"艾德琳以王者的气势发言。

"遮起来吧，亲爱的，我比较喜欢这样。"矮个子男人说。

这实在太过分了，他转头看着矮个子男人。

"在因纽特人的国度，一个男人永远不该羞辱一个女人！"

"我……我没有觉得被羞辱。"艾德琳说。

"啊，你看，"矮个子男人说，"她什么都不用你帮忙。"

　　他知道自己犯了一个错：艾德琳是不会接受男人保护的，她会觉得这样很没面子。当台下观众鼓掌时，他心里想着，喀卜隆呐克女人真的是疯了。

16

　　上了这个节目之后，尤利克的生活开始改变了。人们在街上会认出他。"是尤利克！"他经常听到身后传来这样的惊呼，先是一个小男孩，身旁是她的母亲，接着是一群中学生、一个有点害怕的女人、一对老夫妻，大家都笑嘻嘻地向他走来，向他索取签名，说他们觉得他在电视上好棒，然后又为打扰了他而致歉。人们依然对他十分客气，他已经不知道他们这样对他，究竟是像在保护一个孩子，还是想得到一个首领的恩宠。

　　"两者都有一点吧，"艾克托医生说，"对他们来说，您既是个可怜的因纽特人，受到一个充满敌意的世界的威胁，同时又是我们在电视上看到的人、一个明星。这是一种让人无法抵抗的组合。"

　　"石油公司想要我帮他们的广告拍照片，甚至还想拍一段影片。"

"啊，您看吧，他们也明白这个。我希望您会向他们要一大笔钱。"

"玛希·雅莉克丝说她要去找个律师。"

"她的前夫不就是吗？"

"是啊，但是她想找别人。可是我想这是夏勒的领域，他的专长就是处理这一类合约。"

"您经常见到他吗？"

事实上，自从尤利克住进玛希·雅莉克丝的家以后，夏勒就经常出现在他们的公寓。有一天，夏勒甚至还带了一束花来，因为没有人在家，他就把花留在了厨房里。

"这是男性的一个特质，"艾克托医生说，"这叫'回头太晚'。"

尤利克很喜欢这些拜访艾克托医生的日子，他觉得从中学到很多关于喀卜隆呐克人的世界的事，跟他聊天比参加好几天的会面或是会议的获益还多。

"您对艾德琳有什么看法？"他问艾克托医生。

"这还是自我防御的问题。"

"您的意思是，她说某些事、想某些事，是为了隐藏其他无法忍受的痛苦吗？"

"没错。就像所有或几乎所有女人一样，她因为自己的孤独而痛苦，可是这种事很难承认，首先因为她希望自己是一个勇敢独立的女孩子，她要过得幸福，不该倚靠男人。"

"然后呢？"

"然后，当我们在一个我们害怕走不出去的处境里，我们就会试着告诉自己，这样很好，好让自己不要太难过。她或许还说服了自己，她的生活这样子还不错，结果，也是真的。像她这样的女人，我看过太多了……"艾克托医生这么说。

"您经常有单身的女性患者吗？"

"啊，是啊，不过您别忘了，在这个城市里，有一半的女性都是自己一个人生活的。"

"您的意思是她们的生活里没有男人？"

"不一定是这样，她们有时候也会有艳遇，或者甚至有情人，不过大部分的夜晚，没错，她们是自己一个人待在她们小小的住处。"

尤利克又感觉到一种眩晕，他想到这几十万女人不属于任何男人，说不定他可以和她们上床，尤其是他现在已经成了电视明星。就算他在喀卜隆呐克人的国度待上几年，以每天晚上一个来计算，他也永远认识不了所有的女人。可是，不管怎么算，他就快要离开了，而且只要一想到呐娃拉呐娃，他就可以把这个念头抹去，忘记这些躺在卧室的孤独之中的孤独女人。

"那您能怎么帮助她们呢？"

"看情况。视她们跟男人的关系而定，从她们跟父亲的关系开始，然后是她们长久期待、到头来又跟她们不合的白马王子。"

"白马王子？"

艾克托医生向尤利克解释"白马王子"的意思。他明白这是狄安娜跟她提过的"对的男人"的另一个同义词。

"您那天在电视上说的，让我想了很多。"艾克托医生说，"确实，当可以交往的男人数目有限的时候，女人是没办法对白马王子有太多梦想的。这其实和所有人或者几乎所有人都住在乡下一样，也和先前整个人类历史上的情况一样。可是今天，女人可以一直梦想她们可能会在街角碰到的白马王子。可是就算真的遇到了，白马王子的状态也不会维持很久。而且，从前已婚的男人对婚姻不忠实也比较难，因为没有那么多自由单身的女人在流动。"

"这和因纽特人现在的状况一样。"

"是啊，确实是有点像。"

"可是女人和男人在一起到底是不是比较快乐？"

"啊！我亲爱的尤利克，这个问题很难回答。他们快乐和不快乐的方式应该是不一样的，生活会变得没那么多冒险、比较单调……当然心情也比较少有大起大落。呵，对呀，你们因纽特人看起来会不会比我们快乐呢？"

尤利克认真想着这个问题。这正是他喜欢和艾克托医生对话的原因：他们的对话会逼他去思考。

"我不知道我们是不是比较快乐，不过我相信我们有一些时刻是比较欢乐的。当我们出去打猎很久，回到村子的时候，所有人都出来迎接我们；当我们在饥荒时期抓到一头海象；当春天来的时候，让人很想做爱；当孩子诞生的时候……"

"噢，这个，至少这种欢乐我们还保留着。"艾克托医生说，"还能撑多久就不知道了。我们生的孩子越来越少，我们已经变成一个老人社会了……"

　　"……可是说不定我们也有一些时刻是比较痛苦的。生活在因纽特人的国度是艰苦的。一次疏忽，您就死了。一个不适合打猎的季节，饥荒就来了，很多新生儿都活不下去。"

　　"确实，这种生活离我们有点远了。"艾克托医生说，"我们已经不明白我们的生活有多么得天独厚了。女人也是，我不知道她们是否明白，她们的生活跟世界其他地方的女人比起来有多么得天独厚。可如果这样的结果是她们独自生活，那真是……"

　　尤利克很纳闷，为什么艾克托医生总是说有单身的女人来找他看病，却没有单身的男人。

　　"因为单身的男人不会来找我，除非他们真的病得很重。女人知道找我这样的人吐露心事对她们有帮助。对很多男人来说，正好相反，这是他们不再能自己解决事情的信号，这是耻辱，对吧？他们只有在真的撑不下去的时候，或是有个女人对他们施压要他们去看医生的时候才会来。"

　　看到在这么多的差异之下，喀卜隆呐克男人和因纽特男人还是这么相似，真是好玩：对别人吐露心事和抱怨，会让他们觉得自己不再是百分之百的男人。

　　还有一个问题也让尤利克很苦恼，可是他不太敢问。

　　"您好像还想说什么，是吗，尤利克？"

　　"是啊，其实我心里在想，那天把您和洁哈汀留下来，会不会是个傻主意。"

　　艾克托医生浅浅一笑。

　　"您别担心，从某种意义上来说，是个好主意：多亏了您，我

失去了某种贞操。总而言之，对一个以了解人们为业的人来说，这
是段有趣的经历。"

"所以一切还蛮顺利的啰？"

"很好啊，而且她很讨人喜欢。您挑得很好，我亲爱的尤
利克。"

"那您会再去找她吗？"

艾克托医生犹豫了一下。

"呃，我想不会了。对您来说，事情是不一样的。可是对我来
说，在这里，这种事有点像一种挫败……但有时候，我心里会想，
我的职业跟她的职业有一些共同之处。"

"是什么呢？"

"呃，这么说吧……我和她，我们都是让我们的顾客付钱，然
后替他们提供一个私密的情境……让他们觉得不会被其他人的目光
审判……"

尤利克心想，艾克托医生经常可以用一种有趣的方式看待事
情，让人觉得他在这个国度里也有点像是外国人。

"……不过除了这个，我们的专长还是很不一样的。"

之后，他们开始谈托马的问题。艾克托医生觉得托马有很大的
进步，这个小男孩几乎已经可以进行正常的对话了。

"对其他人来说，他本来是很怪异的小孩；现在，他变得只是
比较特别了。"

"有一天他邀请了一个朋友来家里。"

"这可是破天荒的第一次。好棒啊。不过这又把我带向另一个

问题。"

"另一个问题？"

"是啊，尤利克，我想您对这个家庭来说，已经变得相当重要了。您什么时候离开？您跟他们提过吗？"

尤利克心想，艾克托医生懂得做出简单解释的艺术，也懂得提出困难问题的艺术。

Chapter *7* 离别的悲伤

害怕开始从他的心底升起。如果他在这里再
多待一会儿，他会迷失，回不去因纽特人的
国度了。可是，另一方面，他在这里从来不
曾觉得完全自在，更何况呐娃拉呐娃的灵永远
进入了他的骨髓里，这是他一直都知道的。

1

"您过不久就要离开了？"玛希·雅莉克丝问道。

这个问题让他整个人都醒了。在此之前，他还飘浮在半梦半醒的睡意之中，不时还以为自己在因纽特人的国度，身旁的女性身体是呐娃拉呐娃的身体。

"影片没拍之前我不能离开。"

这是弗萝伦丝的大计划。拍一段关于尤利克的影片，用途是美化石油公司的形象。不过很显然，拍一段几分钟长的影片需要几个星期各式各样的会议和决策，而且这些事他们也没让他知道。

"可是之后呢，您就要离开了吗？"

"我不知道，我得离开吗？"

"我的意思不是这样。"玛希·雅莉克丝说。

她用一只手肘把身体支起来，静静地望着他，仿佛她很喜欢这么做。

"您永远都是我北方来的小礼物，"她继续说，"就算您做傻事的时候也是。我也知道一个因纽特人的生活不是在这里，更别说还有那个可爱的女孩——我们在那段报道您村落的短片里看到的……"

他从来没有再提过呐娃拉呐娃，可是显然玛希·雅莉克丝什么都明白了。

"也不是说我们以后就不会再见面了。"玛希·雅莉克丝说，"我有理由去因纽特人的家乡，毕竟这是我的工作。"

他试着想象这一幕：玛希·雅莉克丝穿着极地的连体工作服，从一架附着降落滑橇的小飞机上走下来，接着走到他们村子的中心。尤利克呢，则是从他的冰屋走出来迎接她，后头跟着呐娃拉呐娃。玛希·雅莉克丝和呐娃拉呐娃握了手，或是像这里的女人经常做的那样，亲吻彼此的脸颊。所有人一起走回暗暗的、满是烟雾的冰屋里。

"怎么，我去看您似乎让您不怎么开心？"

"不是这样的。"

"是吗？那是怎样呢？"

他刚刚意识到，他不是很想再回去生活在冰屋里了。寒冷、烟雾。再也不能泡热水澡了——这个奇妙的享受是他到旅馆第一天晚上发现的。再也不能和艾克托医生谈话了。再也不会认识新朋友了……害怕开始从他的心底升起。如果他在这里再多待一会儿，他会迷失，回不去因纽特人的国度了。可是，另一方面，他在这里从来不曾觉得完全自在，更何况呐娃拉呐娃的灵永远进入了他的骨髓里，这是他一直都知道的。他不想向玛希·雅莉克丝解释这一切，他不想让她忧心。

"我想，如果我走了，您又会孤孤单单一个人了。"

　　"噢，我的小尤利克，您太温柔了。"

　　她吻了他。

　　"可是您也知道，"她继续说，"我已经习惯了。您还没来以前我就是一个人，您走了以后，我还是一个人。或许有时候会有点沮丧，不过这并不是一场悲剧。"

　　最后，他想起艾克托医生告诉他的：这个城市的大部分女人都是自己一个人生活，尽管她们有时候需要去看看心理医生，但她们过得不算太差。可是想到像玛希·雅莉克丝这么令人赞叹的女人自己一个人，他觉得是一种冒犯。

　　"而且，我觉得您已经让我变年轻了。我发现男人比以前更常看我了。"

　　"包括夏勒吗？"

　　"这家伙，他随时都可以使出送花这一招……"

　　"您不希望他回来吗？"

　　"这确实是个不坏的解决方式，尤其是对孩子……"

　　他们相对无言了一阵子。夏勒回来对这个家庭来说应该是件好事，他也希望这个家庭过得更好，可是另一方面，想到另一个男人可以和玛希·雅莉克丝做爱，实在让人难以忍受。

　　"不过还是有个大问题。"玛希·雅莉克丝说。

　　"跟夏勒之间吗？"

　　"啊，您每次叫他夏勒我就想笑，我也不知道为什么。夏勒，夏勒，一开始我试着叫他夏理，因为夏勒让我想到我的祖父。"

　　"那跟夏理之间的大问题是什么呢？"

"就是我觉得我们之间有一点厌倦了。"

"厌倦？"

"我已经不爱他了，可能是这样吧。就算他又变得和以前一样温柔，我呢，我也不再爱他了。所以，还不如自己一个人。"

这下子他明白玛希·雅莉克丝和艾德琳之间有某种共同之处了，这也几乎是所有喀卜隆呐克女人的共同之处：她们宁可自己一个人，也不要跟她们不爱的男人一起生活。

这确实是因纽特女人没办法让自己享受的一种奢侈，她们需要一个男人来养活整个家。可是喀卜隆呐克女人的这种奢侈有个代价，那就是很多人都得忍受孤独。

2

他心想，他是不是离开他的岛太久了，快要变成像石油基地的翻译员宽南威萨亚克描述的那种南边的因纽特人了。起初，首领根本不想接见宽南威萨亚克。对首领来说，南方的因纽特人就是一帮无能的家伙，他们和喀卜隆呐克人勾结，已经不知道如何不用猎枪打猎了。

"你们的首领很难搞。"宽南威萨亚克说。

"他是我们的首领。"尤利克这么回答。

说完这话，他们一言不发地看海看了好久。海冰正在重新结冻。过不了多久，大浮冰就会在那里形成，而海豹的狩猎季节又要开始了。

不过，渐渐的，他们彼此慢慢认识了。尤利克很想知道比较靠南边的因纽特人是怎么生活的，他也想知道他们是不是真的接受了喀卜隆呐克人的生活方式。宽南威萨亚克也很好奇，尤利克的部落怎么有办法用自己祖先的方法在这个岛上生存。他们的年纪差不多，所以向对方展现自己无知的那一面时，没有人会觉得不好意思。

"确实，我们的生活方式跟喀卜隆呐克人有点像，"宽南威萨亚克说，"我们的房子有暖炉。里头都是他们制造的东西，所以我们不必自己演奏就可以听音乐，不必点火就可以做菜。我们不再需要打猎来养活自己。那里有一家喀卜隆呐克人的商店，卖着各式各样的食物，就像在这里、在石油基地看到的一样。如果你想要的话，我可以让你尝尝看。男人们不再靠打猎为生，也不再猎取毛皮——自从一些喀卜隆呐克女人疯了，说她们不想再要毛皮了。所以，他们无事可做。我们的孩子去学校，学读书，学写字，就像你学过的那样，我也是。"

"可是，他们不再需要打猎了，那他们以后要做什么？"

"这正是个大问题。他们得学习喀卜隆呐克人的一些专长，可是很少有人能做到。于是，他们怀念起真正的因纽特人的生活，也就是你在这里过的生活……可是，他们已经没办法像你们这样生存下去了——我也不行，我不相信我可以。他们无事可做……又有酒可以喝。"

　　显然，酒对因纽特人来说是个问题。

　　"那女人呢？"尤利克又问道。

　　"她们过得比较好。男人不再打猎，可女人始终是母亲，这对她来说是不会变的。而且她们也意识到她们比较习惯于喀卜隆呐克人发明的工作了。在打猎方面，男人一向做得比较好，可是在喀卜隆呐克人的工作上，女人超越了男人。"

　　回忆起这段谈话，尤利克心想，就算是在这里，喀卜隆呐克男人也应该开始担心了。

3

　　一天早上，他遇到刚走出电梯的夏勒。

　　"玛希·雅莉克丝刚走。"他说。

　　"啊！"夏勒看着手表，又看了看尤利克，难掩失望的表情。突然，夏勒问他：

　　"您有时间喝杯咖啡吗？"

　　于是他们两人出现在公寓对面的一家小餐馆的露天座位上。

"嗯，"夏勒说，"您在这里过得还好吗？"

他似乎意识到这个问题可能有弦外之音，而他们两人同时想到裸身裹在被单里的玛希·雅莉克丝，于是更尴尬了。

"不错啊，"尤利克说，"我受到很热情的接待。"这下他们又尴尬了，为的是同样的理由。还好夏勒找到了解决之道。

"托马好像很喜欢您。"

于是他们聊起托马和他的进步。后来，他们聊到茱莉叶特，说她的个性很难搞，两人都有同感。

"她已经变成真正的女人了。"夏勒这么说，仿佛这足以解释她女儿暴躁又难以捉摸的脾气。

最后，尤利克开始发现夏勒真是蛮讨人喜欢的，他染过的头发在早晨的阳光下闪现着一种漂亮的红棕色，还有他喝咖啡的那种忧郁的方式。就喀卜隆呐克人的标准来说，他的穿着很时尚——他打着一条画了很多小狗的领带，袖扣似乎是象牙做的。尤利克很想对夏勒有更多的认识。

"到底，"他问道，"您和玛希·雅莉克丝为什么会离婚？"

他想起艾克托医生说过，有些问题人们不喜欢别人问起，但是如果是像他这样的因纽特人提出来，人们通常会接受。

夏勒露出微笑，耸了耸肩，仿佛在嘲笑自己即将说出的话。

"实在是很蠢。"他说。

尤利克想起艾克托医生说的：夏勒有过一段外遇，为的是让自己受到一个比较年轻的女人崇拜，这个女人不是从他年轻的时候就认识的。

"新鲜，觉得自己又变年轻了。"夏勒说。

从这个观点来看，喀卜隆呐克人也和因纽特人没有什么不同。一个没碰过的女人永远比一个认识得太清楚的女人更有吸引力。

"我现在可以这么对您说，"夏勒说，"可是当年，当然了，我把这叫作恋爱。"

他们又点了一杯咖啡。尤利克纳闷着，现在点一杯白酒来喝，不知道合不合乎礼仪，因为他看到有些人从早上开始就在吧台喝白酒了。

"问题是，"夏勒说，"等激情的时期过去之后，我们才会明白亲密感不是这样创造出来的，尤其是跟一个比自己年轻二十岁的人。"

尤利克由此推算出来，夏勒的新欢应该跟他的年龄相当。

"她让我很厌烦。"夏勒说，"一开始，跟她在一起让我觉得年轻；现在，刚好相反，我开始觉得自己老了。而且，因为这段恋情，我又对年轻女孩子感兴趣了，而这种问题没那么容易解决……"

夏勒若有所思，然后接着说：

"其实，在我祖父的年代，我可以有外遇，可是我的妻子永远不会要求离婚。"

夏勒似乎忘了艾克托医生教尤利克的：女人不再接受共享一个男人。他开始明白艾克托医生关于挫折的理论了：如果男人不再忍受保持忠诚的挫折感，女人不再忍受知道丈夫不忠诚的挫折感，我们就可以明白为什么喀卜隆呐克人的婚姻持久的例子越来越少，而因为女人也可以不忠诚，所以问题又更严重了。

夏勒喝了一小口咖啡，然后以不怎么讨人喜欢的语气说：

"我不知道为什么我要跟您说这些，毕竟您是我妻子的情人。"

"您需要呐喀里可。"尤利克说。

"呐喀里可？"

尤利克解释了这个字眼的意思给夏勒听，谈话的气氛变得冷静了些。

"好，"夏勒说，"换我来问您问题了。您就快要离开了吗？"

所有人都在担心他的离去。这是个讯号。

"很快了。"

"'很快'在因纽特语里是什么意思？"

"是因纽克，不是因纽特。"

"为什么？您不是因纽特人吗？"

"'因纽特'是复数，单数要说'因纽克'。"

每当对话变得有点紧张的时候，这招一向很管用：只要提醒人家'因纽特'的单数是'因纽克'，激动的情绪就都会冷却下来。

"好，"夏勒说，"我也不想跟您太见外，那您对于离开的日子是不是已经有想法了？"

"我来这里是要代表我的部落。"

"当然，可是要待多久呢？"

"我得等一部片子拍完。而且，我得尽可能拿到最多的钱，这是为了我自己，也是为了我的部落。我要像从一趟长途的狩猎回去一样，我得展示我的猎物。"

夏勒看起来很有兴趣。

"当然了，"他说，"您可不能空手而归。"

"没错。"

"您甚至可以签一份合约，就算您人不在这里，钱都可以继续进来。"

"那就太棒了。"

"噢，我知道了。"夏勒说，"您可以让我看看他们要你签的合约吗？"

4

有一天，他带托马去动物园。

北极熊看起来昏昏欲睡，它们假装没注意他们，可是尤利克知道，它们注意到他们的出现了。

"你杀的那些熊，它们都跟这些熊一样大吗？"

事实是，尤利克杀死的那些北极熊比这里的大，可是对一个因纽特猎人来说，吹嘘是最大的罪行之一，于是尤利克回答：

"是啊，差不多就是这样。"

这时候，一只北极熊睁开眼睛，看着尤利克。

"它在看你耶！"托马说。

确实，这只熊的目光紧盯着他的眼睛。纳努克之灵在远方笑了。接着北极熊又闭上眼睛，把头靠在岩石上。

"它看了你耶！它看了你耶！"

"这里又不只有我们，"尤利克说，"这很平常。"

"不是，不是，它盯着你看。它看的人是你！就好像它认得你一样！"

他知道托马说得没错。这是个讯号。或许他返回故乡的时候到了。

看见托马几乎就在原地兴奋得手舞足蹈，他心想，这时候要宣布离开的消息实在很难。

一天早上，弗萝伦丝终于来找他谈石油公司拍摄广告的事了。

"夏勒真是把您的权益维护得滴水不漏。"她说，"影视版权还有其他的一切，您会领到一大笔钱，甚至在合约规定的一段时间里，如果公司运营如预期的话，您还可以继续领到钱。"

"希望如此啰。"

"您打算怎么运用这些钱呢？"她问道。

他原本要回答："所有的钱都跟部落分享。"可是他突然意识到，他的心里不是这么想的，他想要把一切据为己有，留给自己、呐娃拉呐娃，还有他们未来的孩子。他被这个想法吓坏了：待在这里这么久，他开始像喀卜隆呐克人一样想事情了。

他们到了片场的时候，一切都就绪了，有一整支团队负责处理所有的事。监督的则是一个女人,她的专长是:艺术指导。

她穿得一身黑,脸长得蛮美的,可是很严肃。他心想,她可以在喀卜隆呐克人的故事里扮演美丽巫婆的角色。

"现在就等驯兽师了。"她说。

"驯兽师?"

"对啊,当然还有他的熊。"

"有一只熊?"

这件事弗萝伦丝没有跟他说清楚:他们要拍他跟一只北极熊的照片。石油公司认为一个因纽特人加上一头北极熊,这样的组合应该没有人可以抗拒。

"这是不可能的。"他说。

"尤利克,您别担心,那是一头驯化的熊。"

"您会害怕吗?"艺术指导看起来好像很生气。

他无法向他们解释,他曾经触怒过纳努克之灵。如果他又遇到纳努克大神,就算是在这里,还是会有灾祸降临的。

弗萝伦丝把他带到一间办公室里要说服他。

"听我说,我向您保证,不会发生任何事的。他是个职业驯兽师,他已经跟他的熊一起拍过其他广告了……"

她的说辞对这个世界的人来说是很管用,可是尤利克过去的那个世界弗萝伦丝甚至连看都没看过。他依然拒绝,也没说出他的理由,因为他知道,她会觉得这些理由很蠢。

最后,她哀求他,对他说如果他拒绝了,他会害她陷入很艰难的处境。

"总裁一定会很生我的气。他很可能会大发雷霆，把补助款项全都砍掉！"

她几乎要掉下眼泪了。

"拜托你了，尤利克，别丢下我不管，我会被处罚的……"

突然，年轻女孩的灵，甚至小女孩的灵似乎又回到她身上了。

她就这样说服了他。他无法让一个女人身陷困境而对其置之不理，而且他也不能放弃他的部落……他要战斗，就算对抗纳努克之灵也在所不惜。

"好，它习惯了，现在，我们可以开始了。"驯兽师说。

驯兽师是个胖男人，他自己看起来就有点像一头熊。他站在片场中央，上方都是投射灯。他用一条皮绳牵着北极熊绕片场走了一小圈，现在熊就站在他的身边。那是一头母熊，看起来心情很平静，似乎对片场已经不太感兴趣了。它靠着后脚坐下，头倚在驯兽师的肩上。

驯兽师向尤利克解释，乌拉是在兽栏里出生的，所以它是从小就被驯养的，而且每次到外面表演之前，驯兽师都会细心地把它喂饱。这个男人看起来很干练，对尤皮克人的南方国度也有点了解（尤皮克人是因纽特人的"表亲"，他们居住在阿拉斯加的北边）。这头母熊的父母就是从那里来的。

可是尤利克怕的不是乌拉，他怕的是纳努克大神之灵降临在它的身上。这是他第一次没带武器却这么靠近北极熊，尽管乌拉的体型比他曾经遭遇过的公熊来得小，但这种不自在还是让他觉得很不舒服。他发现片场里所有人——包括弗萝伦丝——没有一个看起来像在担心，显然是因为他们对驯兽师很有信心，而且在他们眼里，乌拉只是一头惹人爱怜的动物，就像他们买给小孩的毛绒玩具一样。

他在心里默默向纳努克大神祈祷。*请原谅我。如果你要惩罚我，请晚一点，不要让这些无辜的人遭殃，他们和我们之间的事情完全无关。*

他往前走，在乌拉身旁摆起照相的姿势。摄影师要他露出微笑，可是他花了一点时间才达到这个要求。

驯兽师不时走回镜头里，帮乌拉换姿势，摄影师则负责给尤利克下指令。尤利克心想，乌拉和他是两个北方来的生物，正在接受喀卜隆呐克人的指挥，这一刻，他觉得自己和乌拉之间仿佛有某种默契。这时，他终于忘了纳努克之灵。

摄影师想要拍的最后一张照片是乌拉坐着，露出黑色的脚掌。他希望尤利克摆成坐姿，靠在它身上，熊和人都看着镜头。

"我不知道这行不行得通。"驯兽师说。

"只要一秒就好，"摄影师说，"有点像他们是同一个家庭出来的，或是童年的玩伴。"

"熊永远不会是您的玩伴。"驯兽师说。

"这画面太棒了。"弗萝伦丝说。

"那我得留在离它很近的地方。"驯兽师说。

"没问题，"摄影师说，"反正我们会把背景修掉。"

"我得承认，这个演出会让补助的预算提高。"弗萝伦丝说。

没有人问他的意见。大家都要他坐在一头北极熊的两只脚掌之间，却没有人问他的意见。

终于，他们搞定了。驯兽师让乌拉坐了下来，把它的大屁股放在地上，把后脚打开，像个小婴儿似的，看起来更温驯了。

"您可以过去了。"驯兽师对尤利克说。

尤利克看着乌拉，他看见它也在看他。他花了一秒的时间判断这目光是否友善，他想了如果被乌拉拒绝，会有什么事发生在这群人的身上，也想了这对他的斗志有什么影响。来吧，他心想，如果你想杀我，不必再等，我现在就在你的手掌心。

于是他也坐了下来，背靠着乌拉的胸口，他感觉自己背后像有一堵热乎乎的墙壁，墙上覆满皮毛。他听到照相机的快门咔嚓咔嚓响个不停，他看见所有人的脸都望着他们，流露出赞叹的神情，像是孩子看到了礼物。一头北极熊和一个因纽特人，没有人可以抗拒这样的组合。

"OK，"摄影师说，"谢谢。"

这时乌拉静静瘫在他的身上，他们在地上动也不动，四肢交缠。乌拉发出一声低沉的欢乐叫声，他觉得自己被带回了家乡。他听到驯兽师粗声粗气的命令，乌拉又动了起来。

后来，所有人一起去喝咖啡，乌拉的驯兽师走到尤利克的身边。

"它从来没做过这种事，"驯兽师说，"从来没有。"

这时尤利克感觉到了，其实他刚才很害怕。

5

　　他开始觉得悲伤了。离开对他来说就像一座冰山的山顶，他太晚看见，来不及回头，只能硬生生地撞上去。

　　他觉得玛希·雅莉克丝也在想这件事。她避免谈到这个主题，可是有时她的静默让一切尽在不言中。他知道她会接受让他留下来更久，而石油公司也会无限期地补贴他的住宿和生活费，因为他们想拉拢这个表达如此流利又变得这么受欢迎的因纽特人，他们不能让他变成敌人。他甚至可以和玛希·雅莉克丝一起去旅行，和她一起去探索欧洲。有时，这个想法让他感到眩晕。

　　可是他感觉到，这样的出神状态只会持续一下，而每在这里多留一天，就会让他的归乡变得更加困难。呐娃拉呐娃的灵一直没有离开他。"呐娃拉呐娃，你在我的血液里游泳，你在我的骨头里睡着。"他心里想着。同时，放弃玛希·雅莉克丝的念头也令他苦恼，尤其在早上吃早餐的时候，他看见她在厨房里，在孩子身边忙进忙出，他就觉得自己也属于这个家庭。毕竟，现在他可以把茱莉叶特逗笑了。经常，当她在房间里跟女同学聊天的时候，她还会叫他过去，把大家介绍给他认识。他一向避免在那里停留太久，因为这些年轻女孩都有点太让人神魂颠倒了——肚脐露出来，小屁股在紧绷的裤子里也那么明显可见，还有她们对他微笑时一副很开心的样子。如果这是上电视产生的效应，那他就明白为什么有这么多男人想上电视露脸了。

有一天，他还是忍不住问了她们，有没有谁是已经跟一个男孩子订了婚约的。她们全都笑疯了，这让他有点不舒服。于是茱莉叶特说话了。

"你别管她们，尤利克，她们都很白痴。"

"才不是呢，我不相信。"

"好啦，在这里，这种问题有一点……怪。"

"跟一个男人订婚！"一个小个子的褐发女孩大叫了一声，接着又扑哧笑了出来。

最后，她们终于冷静下来，一边向他道歉，一边向他解释，她们并不是在嘲笑他（这种事他早就明白了，特别强调反而让他有点火大：难道她们以为他是白痴？）。她们告诉他，在这里，女人是不会先定下来的，她们会选择。他很想告诉她们，在因纽特人的国度，他们是没得选的，因为在同辈人当中，永远没有很多可以当伴侣的对象。后来，他心想，说这些是没用的。不过，他还是问了她们，有没有打算很快就结婚。

"噢，才不要呢，我结婚之前还想自己多过一阵子。"

"我想先把书读完。"

"除非我遇到对的男人。"

"可是之后呢，当然啰，我们会结婚的。"

那么，她们希望有什么样的丈夫？

她们思索着。最后，答案似乎跟他在电视节目《真爱，相遇》里看到的那些女人想要的男人一样：一个强壮的男生，可是要善解人意；不可以把男人的工作摆在女人的工作前面；要喜欢照看小婴儿；人要长得帅，要聪明，还要有毅力。关于最后这几点，他心想，她们是不是都找得到？因为同时拥有这些特质的男人不是很多，就算在因纽特人里头也一样！这次谈话之后，他更了解了为什么这里的女人会晚婚，也明白她们为什么要自己一个人生活了。

Chapter *8* 秘密的温柔

容我冒昧说上一句，
我在此处感受到远离尘嚣的爱：
它让它的情人舒服自在、毫不尴尬，
这是纯粹的上天馈赠，来自脚步之下。
孤独，我在其中找到一种秘密的温柔。

1

　　玛希·雅莉克丝似乎比他更能接受他即将离开的事实，这令他感到惊讶。

　　"您知道的，"有一天她面带微笑对他说，"我们这些喀卜隆呐克女人很习惯一个人生活，而且我们有这么多事要做，有时候可以自己一个人休息一下也挺不错的。"

　　他懂。他在那份大型女性杂志里看过，在这里，女人不仅跟男人的工作一样多，她们还跟因纽特女人一样照顾家庭和孩子。她们或许变得有点疯狂，不过她们都是了不起的工作者，也不能叫她们不要工作。

　　玛希·雅莉克丝继续说了下去："而且我相信，我们用孤独烹出来的是一道好菜，倒是男人比较不能忍受孤独。而我们在孤独之中也能找到某种平静。"

　　"孤独，我在其中找到一种秘密的温柔……"

　　"这是什么？"

　　"《一个莫卧儿人的梦》，是拉封丹寓言故事的其中一则。"

　　"真是不可思议，您连这些没有人知道的故事都知道。这则寓言到底还说了些什么？”

容我冒昧说上一句，
我在此处感受到远离尘嚣的爱：
它让它的情人舒服自在、毫不尴尬，
这是纯粹的上天馈赠，来自脚步之下。
孤独，我在其中找到一种秘密的温柔。

“噢，我的尤利克，你太厉害了。”
她吻了他。这是第一次，她用“你”称呼他。

他和夏勒喝了好几次咖啡。为了感谢夏勒替他和他的族人签下这么有利的合约，他带了一块还没雕过的独角鲸的长牙给他。夏勒立刻就明白了他的用意。

“我可以让人把它切成袖扣！”

“或是给女人当首饰。”

“啊，要给哪个女人？问题就在这里。”

有一天，他刚回到玛希·雅莉克丝的公寓时，就听到客厅传来谈话的声音，是夏勒又来找玛希·雅莉克丝了，不过这次他们好像没有吵架。他走进来的时候，他们的对话就中断了，不过他刚好听见玛希·雅莉克丝说：“不是这样就可以决定的。”

2

　　一天早上，尤利克和乌拉的照片出现在城里所有的墙面上、在杂志上、在报纸上，甚至在电视上。他们还拍了一部记录照片拍摄过程的影片，影片上看得到他们正在一起摆姿势拍照，还有一些尤利克在笑的画面（这些画面是到后来紧张的情况都解除之后才拍的），还有乌拉用脚掌推着一颗小球的画面。一句广告语不断出现："当我们为您思考时，我们也想着尤利克和乌拉。"

　　玛希·雅莉克丝解释给他听，很久以前有另一家竞争对手的石油公司也做过同类型的宣传，广告上是一头看起来很友善的老虎，不过那时广告的作用只是要鼓动人去这家公司的加油站加油。

　　"这次，他们要做得更多了，这是他们所谓的'形象广告'，要把他们的形象擦亮一点。"

　　"他们的形象不好吗？"

　　她告诉他关于原油外泄的事，在阿拉斯加、南美洲、非洲发生的事，还有臭氧层的破洞。地球变暖了，因为我们用了太多石油。

　　于是他想起族里的老人说的，伊格卢利克的冰山一年年变小了，到了冬天，大浮冰也没以前那么辽阔了。他很惊讶，他家乡的这些改变竟然和成千上万像玛希·雅莉克丝这样的人开车去上班有关系。可是他很相信玛希·雅莉克丝说的。

虽然臭氧层破了洞，但是从广告播出的那个星期开始，他还是只能以出租车或玛希·雅莉克丝的车子代步，不然这么多的签名会他根本去不了。他要人家放他在旅馆下车，石油公司一直帮他保留着那里的房间，茶几上的花也依然每天都有人来换上新的。这有点像在他的家乡，除了村子里的冰屋，还有个打猎时住的棚子。

当然，他又把嘉桑特找来了。

"你变得好有名了，独一无二的因纽特人。"她对他说。

接下来就是愉悦的时刻了。他们两人都穿着浴袍，享用尤利克通过客房服务点来的大餐——今天是芦笋、龙虾、草莓。他看见她在微笑，仿佛脑子里闪过什么念头。

"你在笑什么？"

"我在想，这应该是我的命运。"

"你的命运？"

"对啊，每次都跟一些名人上床。"

跟她在一起的感觉和跟玛希·雅莉克丝在一起的时候不一样。他们的年纪相仿，他觉得跟嘉桑特在一起的时候比较自由，他没那么怕自己显得笨拙或无知，尽管玛希·雅莉克丝对他展现出无尽的宽容。而且，虽然嘉桑特比较年轻，她的人生和性爱经验却延伸到玛希·雅莉克丝从来不曾探索的领域。他心想，玛希·雅莉克丝不知道会不会怀疑他偷偷跟嘉桑特见面，可她什么也没问。他打电话跟嘉桑特相约的时候，心里会有罪恶感，可是嘉桑特一出现，这种感觉就完全消失了；等他回到公寓，玛希·雅莉克丝面带微笑问他今天过得如何，这种忐忑不安的感觉就回来了。他说他去逛了一家博物馆。他确实是去了，不过之后的活动他就略过了。

　　是的，他的心里有罪恶感。可是对他来说，和嘉桑特在一起的那种融洽一点也不像爱情啊。他在玛希·雅莉克丝身上感觉到的，才是他称之为爱情的东西。可是喀卜隆呐克女人就跟因纽特女人一样，她们都无法接受这种论调，就像他也难以忍受夏勒在他不在公寓的时候去跟玛希·雅莉克丝在一起，就算他没有任何可以反对的理由。

　　可是他开始觉得自己同情起夏勒了：在这种城市里，一个男人怎么可能永远保持忠诚？每天都会遇到这么多新的女人，还可以在成千上万的房间里和这些女人密会。这种事在因纽特人的国度里根本无从想象。他想起自己和谭布雷站长一起读的那些书，想起克莱芙王妃对抗诱惑，不接受内穆尔公爵追求的故事：方法很简单，她避免和他面对面相会。就像在因纽特人的国度，两个人面对面相会的时候，根本不可能不被其他人看见。"大浮冰上只有美德。"他心里这么想。

3

　　弗萝伦丝和玛希·雅莉克丝帮他拆信，大部分的信都是很年轻的女孩子或是小男孩写来的。他们把他和乌拉的照片寄给他，附上签名题字的要求，他则是每天早上花两小时回信。可是其他的信就比较吓人或者比较感人了。

有些人写了几页信纸，把他们的生活说给他听。有些女人（为数众多）想跟他约会。有些小孩把他们画的他和乌拉的图寄给他，或是要求他带他们一起去因纽特人和北极熊的国度。还有很多封信来自各个年龄层、各行各业的人，他们感谢他的存在，他们只是单纯地写信告诉他，看见他在乌拉的身边让他们觉得很快乐。弗萝伦丝还告诉他，有很多观众打电话去电视台询问他们的广告片在什么时段播出。

也有一些信是比较怪异或是比较有攻击性的。一开始，弗萝伦丝并不想让他看，不过玛希·雅莉克丝坚持要让他看。

您关于女人的发言此刻应该受到神学士和其他大胡子的穆斯林战士大大的景仰吧。您用您可爱的脸蛋把每个时代的女人都要面对的那种大男人的陈词滥调塞给我们。

您把您卖给世界石油公会了，您是您族人的耻辱，请容我以人类的立场这么说。您是石油滴在乌拉的毛皮上的一块油渍。

我们受够了爱斯基摩人、印第安人，还有侏儒了。我们受够了善良的野蛮人了！把你所谓的智慧都收起来吧，把它带回到它不该走出来的地方，带回到冰上的洞里头吧。

我认出您是我失散多年的儿子。在您说话的时候，您还传递了一个讯息给我。现在，菲利普，回来吧，你不该丢下你妈。

亲爱的先生，因为您，我终于在电视上听到一些合情合理的话了。我们的国家真是病得太重了，竟然需要一个因纽特人的代表来提醒我们一些关于男人和女人的基本真理。

尤利克和乌拉，我才懒得理你们，你们在那里就是为了赚钱的。教乌拉骑脚踏车吧，至少不会造成污染。

因纽特女人的性爱非常自由，这是真的吗？我退休两年了，我把时间都用在探索其他的文化上，我很想知道是不是有可能去您的家乡那里旅游。您知道有哪些旅行社规划这种行程吗？如果有的话，哪一家最值得信赖？

干得好，尤利克，您把钉子钉在这些臭婊子身上了。也该是时候让她们冷静冷静了。以所有真正的男子汉之名，我要向您说：耶，耶，耶，万岁！

您的演说会让那些依然把女人当成高级山羊的国家将其作为脱罪之词。如果您到处多走一走，您就会看到世界上有很多地方都是如此。所以，放下您善良野蛮人的身份，从联合国教科文组织的蚕茧中走出来吧。爱斯基摩"麻球"[1]先生，我们不会为您喝彩。

有些信让他发笑，有些他看不懂，还需要玛希·雅莉克丝为他解释。不过有两种信让他真的很忧虑：指控他把自己卖给石油公司的那些信，更让他担心的则是指控他是喀卜隆呐克女人之敌的那些信。

该去找艾克托医生聊一聊了。

4

比起前一次相约见面的时候，艾克托医生看起来精神好多了，他似乎已经从跟那个女人那通痛苦的电话之中恢复过来了，会不会他已经成功地让她回来了？

他专心读着尤利克带来的信件。

"嗯，"他终于说话了，"别担心。您说的话会惹火一些女人，这是正常的。"

"可是为什么呢？我不想惹任何人不高兴啊。"

---

[1] 麻球：西班牙语macho的音译，意指大男人。

"没办法，您被卷进一场战斗之中，可是您却不知道。"

尤利克总是非常小心地避免无谓的战斗，就算是他一定会赢的也一样，因为如果一辈子都待在同一个部落，就不能让自己引起周边太多的怨恨。想到自己可能无心卷入一场与成千上万的陌生女人进行的战斗之中，他就觉得很可怕。

"您看最后这封信，提到高级山羊的这封，信里有一件事说得蛮对的。她说世界上还有很多地方，女人在那里被当作高级山羊。"

"可是不是在因纽特人那里吧？"

"不是，当然不是。可是几乎在世界上的其他地方都有这样的事。"

于是艾克托医生解释给尤利克听，什么是强迫的婚姻、割除阴蒂、禁止女孩子读书或单独出门，还有为了维护家族名声而杀害失贞或行为不检点的女性。

"可是我从来没提起过这些人啊！"

"是没有，可是这有点像在一场战争之中，人们都张牙舞爪的，这是一种反射动作：如果您不是跟我们同一边的，您就是反对我们。您说男人和女人或许不是生来就扮演完全同样的角色，还说男女生来就不同，从这一刻起，很快就会有人指控您想要回到把女人当成高级山羊的那个时期了。"

尤利克的心里再次油然升起一股归乡的欲望：这个世界对他来说实在太复杂了。

"那他们叫我'麻球'，这又是什么意思？"

　　"怎么跟您解释呢？'麻球'的意思就是……"

　　艾克托医生犹豫着。

　　"……一个女人会喜欢的男人吗？"艾克托医生终于说了下去，然后自己笑了起来。

　　接着，艾克托医生认真解释了"麻球"的意思。这个词是从西班牙语引来的，这个国家尤利克并不认识，不过听了艾克托医生的描述，他觉得自己好像蛮"麻球"的。

　　"好吧，'麻球'已经不吃香了，"艾克托医生做了结论，"现在，她们要您听她们说话，对她们在办公室里遇到的问题表示同情，要温柔，要留意她们的需求、尊重她们的决定，随时准备拿您的决定作为妥协，要分担家务，她们担心的时候，还要讨论一下你们的关系。她们也希望您告诉她们您心里想的，不管您想不想说。这就是她们希望的！或者，总之，这就是她们要求的！而且，她们说的永远不会是一样的……"

　　艾克托医生说的时候好像有一点发火，尤利克心想，艾克托医生应该是想到了某一个他认识的女人吧，因为不可能所有喀卜隆呐克女人都疯到这个程度。

　　"而最棒的是，"艾克托医生说，"最棒的是如果您照单全收的话，她们最后会把您甩了！更别提在此之前，你们的性生活会变得很糟……"

　　这番话让尤利克想起了一些事，他告诉艾克托医生，弗萝伦丝在做爱的时候如何要求他虐待她。

　　"太棒了，"艾克托医生说，"她一整天都在指挥男人，可是心里却隐藏着因为感觉不到自己被支配而产生的挫折感……那么，她会找谁来解决这个问题呢？一个真正的像您一样的'麻球'。可是请注意，这得要在她想要的时刻和地点。您看着吧，如果你们定下来了，她就会立刻开始想把您变成奴隶。"

"我不会让她这么做的！"

"噢，您不知道她们拥有什么武器！"艾克托医生说，"现在的喀卜隆呐克女人可以同时以泪水软化您，向您展示她们的软弱，说她们需要安慰，就像现在的因纽特女人和过去的喀卜隆呐克女人一样，然后又立刻像个男人一样，试图说服您、支配您。"

这些解释让尤利克想起弗萝伦丝为了说服他跟乌拉拍照时用的双重手段。

"她们玩的是两面手法。"艾克托医生的结论是，"如果这样她们就会快乐也就算了，可是没有，我明天还有十四个要看。"他一边说着，一边看着他的日程本，"其中有三分之二是单身的。"

"没有哪些女人是真的温柔的吗？"

"她们很温柔，在内心深处，可是她们变得比以前冷酷。问题在于从她们的角度来看，男人变得没什么责任感，就像我们前几天说的那样。不过我也看到不少温柔的女孩子被人甩掉，有时候都已经有小孩了，只因为男人找到另一个更让他兴奋的……或是女人无法忍受他们有婚外情。"

"那单身的男人呢，他们当中有没有哪些其实是很温柔的呢？"

他想起艾克托医生的好朋友爱德华，虽然他很讨人喜欢，但是"温柔"似乎并不是最适合他的形容词。

"没错，我也有些单身男性的患者，可是就像我跟您说过的，他们只有在非常糟的情况下才会来求诊。他们的情况跟女人不一样。维持单身的男人经常是太害羞的家伙，或是社会条件差一点的……"

尤利克想起马歇尔。在这里，跟因纽特人的国度相反，了解猎物的习性并且以此为业，似乎并不是一项很受重视的专长。

"……因为对男人来说，发生在他们身上的事情刚好相反：一个女人的学历越高，她就越有可能保持单身，而且没有小孩；对男人来说，则不是……结果，一个漂亮的秘书总是比一个有MBA学位又比较挑剔、让不少男人却步的女孩子更容易找到对象结婚，而且通常是跟社会地位比较高的男人。这种事跟雄性的性冲动很有关系……"

尤利克一下子听了太多，很难立刻消化，可是，他为什么要理解这个不属于他的世界？就算永远没有热水澡可泡，他也快要回到因纽特人的国度了。

这时有人摁了诊所门口的电铃，他吓了一跳，因为艾克托医生要他在最后一个约诊的时间之后过来。不过艾克托医生倒是没有露出惊讶的神情，立刻起身去开门，像是早知道门铃会响似的。

尤利克待在书房里，不太知道他到底该离开还是继续坐在那里。他听到艾克托医生迎接这位夜间访客的声音，艾克托医生让她走进候诊室的时候，他认出那是洁哈汀的声音。艾克托医生走回书房的时候，尤利克看到他脸上有尴尬的神情。

"嗯……我该走了。"

"没问题。"

"我不希望您会觉得……"

　　尤利克想起艾克托医生说过男人为什么会去找像嘉桑特或洁哈汀这种女人：艾克托医生认为这就像是一种挫败，总而言之，对他来说是这样的。可是尤利克也想起嘉桑特说过关于男人来她这里想找的是什么。他想要让艾克托医生安心。

　　"您别担心，医生，有时候人得要休息一下才能再出发。"

　　艾克托医生露出一抹悲伤的微笑。

　　"这种话是我对我的患者说的——当他们真的跌到了最深的谷底的时候。"

5

狼河

魁北克

亲爱的尤利克：

　　这封信会让您吃惊，因为您不认识我，而我是在报纸上刊登的您的故事以及您和温柔的乌拉拍的广告片中认出了您。

我是您童年时期结识的那位谭布雷站长的妹妹，当时他工作的气象站就设在您的村子附近。

回国之后，我的哥哥经常提起您，提到您每天都到气象站找他，还说他常讲拉封丹寓言故事给您听，他用这种方式教您说我们的语言，他还提到您对我们的世界的一切都感到很好奇。

他一直很喜欢您，相信您对他也有同样的感情。我经常感觉到他为您的事情感到苦恼不安。

他很自责没有把您一起带回来，因为他知道您是个孤儿，生活会很艰辛。不过他又想到，您在这里一定不会快乐的，因为他知道一些被人从村子带走的因纽特小孩的故事。我试着安慰他说，如果您在还是个孩子时都知道来找他和他的部属求援了，面对其他考验的时候，您也一定可以顺利长大。所以当我在报上发现您的故事，看到您长成一个这么美好的年轻人时，我实在太开心了。

我的哥哥，很不幸地，已经不在世间了。十年前，他在一次任务中消失了，官方没有向我透露任何真相。不过我获得授权，可以告诉您，您童年时期的气象站其实是北约组织的一座秘密雷达基地，为的是监测苏联潜水艇的动向。

我很犹豫要不要给您写信，我不知道自己是否有资格向您宣告一个对您来说如此重要的人的死讯。

可是我是信徒，我心想，不论我的哥哥身在何处，现在知道您过得很幸福，他应该会安心了。

我也以他的名义向您致上我深切的感情。

6

　　他经常喝酒，且喝得越来越多。这样的改变是从旅馆开始的。每次他找嘉桑特来，就会让服务生送一瓶白葡萄酒来佐餐，通常是桑塞尔的葡萄酒。渐渐地，在上甜点之前，他越来越常点第二瓶了，而嘉桑特从来不会喝超过一杯或两杯。

　　"独一无二的因纽特人，我想你酒喝得太多了。"有一天她这么说了。

　　她说得没错，可是她说这种话让他有点恼火。一个因纽特女人应该会用婉转得多的方式来表达："真奇怪，以前我们喝一瓶就够了，现在我们得喝到两瓶。"

　　"噢，我怎么让我的因纽特人不开心了。"过了一会儿她才发现他一脸不高兴的样子。

　　可是要平息他的坏心情已经来不及了。突然，他希望她离开，而不是依照惯例在用完餐之后再缠绵一次。由于嘉桑特在这方面特别敏感，结果是她先开口说她该走了。

　　"你有新的客人啦？"他问道。

　　她背过身子把头发绾起来，这是他很喜欢的一个动作，他看到她中断了几分之一秒。除了前两次，他们从来没提过她的职业。她转过身来，他看见她的眼里出现了艾德琳在电视台听到矮个子男人做出伤人的评论时的眼神。

"我应该更早就走的。"她说。

一个人待在房里，他开始责怪自己。他到底怎么了？

现在，他对自己感到愤怒。他点了第三瓶酒，看着电视上的《真爱，相遇》，把酒喝完。他觉得好过一些了。

他决定走路回玛希·雅莉克丝的公寓——散一下步会让他觉得比较舒服。这种时候，旅馆这一带不是很热闹，他走了十分钟都没被路人注意到。

突然，一阵可怕的声音吓了他一跳，叫嚣声、口哨声。他转过身来，看到后头来了三个年轻的喀卜隆呐克人，身上穿着蓝色的衣服，手里拿着国旗乱吼着："我们赢了！我们赢了！"一脸兴奋至极的神色。他们看起来仿佛从战场归来，可是他知道，喀卜隆呐克人的世界已经很久都没有战争了。他们的吵闹和躁动，这一切都让他受不了。

"嘿，这不是那个爱斯基摩人吗？"

"噢，爱斯基摩人，噢！"

这会儿他们把他围了起来，继续叫嚣。

"我们和爱斯基摩人！"

其中一人抓着他的胳膊，他们想拖着他一起走。他用很干脆的一个动作把他们甩开了。

"噢，爱斯基摩人，你很不够意思啊！"

"噢，噢，爱斯基摩人，跟我们一起唱歌嘛！"

"我们赢了！我们赢了！"

真是让人无法忍受。他们对他大声说话，而且距离很近。他用力往前，从他们中间把他们推开。

"哈，我在做梦吧！"

"没有，你没做梦，这家伙推了我们！"

他们又抓住他了，其中一人再次抓住他的胳膊。这真是他从没遇过的事，太没礼貌了！不可以对一个骄傲的因纽特人无礼。他动手了。

这里满街都是珠宝店，警察一下就来了，接着来的是消防队的救护车。

他坐在警察的厢式车后面，听到说话的声音像穿过雾气传过来，因为尽管他算是打赢了——最后只有他一个人还站着——他也挨了几下非常暴力的攻击。

"妈的，这些越南人，他们平常不会这样的。"

"这家伙看起来有点蒙，越南人酒量都不好。"

"总之，他一定不喜欢足球。"

"他们应该是把他惹毛了。"

"你住哪里？"

他们对他说话了。

"丽兹大饭店。"他说。

他看到他们交换了一下眼神。后来他们在他身上找到他的努纳武特[1]的护照，从这一刻起，他们开始用"您"称呼他。

过了一会儿，他在一间又小又脏、被铁丝网封住的小房间里醒来，身边是一个喀卜隆呐克老人，身上都是呕吐物的味道，一脸开心地望着尤利克。

"你，你是苗族！"老人说。

"苗族？"

这会不会像"麻球"一样，又是大男人的另一个同义词？

"啊，明江，黄树皮县，我们去过那里！"喀卜隆呐克老人继续说，"啊，你们这些该死的战士……"

以此刻的状况，在他们所处的地方，老人似乎非常高兴可以遇到尤利克。

老人用沙哑的嗓音唱了起来：

你在老挝战斗，你在安南[2]作战

你的战争也在伊斯兰的土地上凶猛地展开

死亡看见你在三角洲的稻田上跃起……

---

[1] 努纳武特（Nunavut）：加拿大原住民自治独立行政区，居民有85%是因纽特人。

[2] 安南（Annam）：此处指安南"保护领"。法国于1887年建立了对越南、柬埔寨和老挝实行殖民统治的机构——印度支那联邦，初由直属殖民地交趾支那（南圻）、"保护领"安南（中圻）、"半保护领"东京（北圻）和柬埔寨（1863年成为法"保护国"）组成。

尤利克用手摸了摸脸，他想起自己被带到一家医院的急诊处，他感觉到指尖碰触到伤口的缝线。他头痛欲裂，那个喀卜隆呐克老人还是扯着嗓子唱个不停：

> ……骑士的灵魂，依然存在于你们身上
> 奥雷亚加不远了，我听见号角响起了！[1]

覆着铁丝网的门打开了，玛希·雅莉克丝在一个警官的陪伴下出现了。

"我可怜的尤利克。"她说。

她向他伸出双臂，像是找回了一个走失的孩子。这一刻，他不再觉得自己是个骄傲的因纽特人了。

---

[1] 老人唱的是一首法文军歌。"奥雷亚加"是西班牙北部邻接
　　法国边境的一个小镇。

Chapter 9 再见，
北方来的小礼物

"我想我的身体知道你快要离开了，"她终
于说了，"所以，它开始准备了。"

1

他和玛希·雅莉克丝交谈得越来越少了，他们做爱的次数也比以前少很多。

他越来越觉得自己属于这个家庭，可同时也感觉到他们对彼此的性爱冲动减少了。他决定像在早上播出的连续剧里经常看到人家做的那样，要跟她好好谈一谈。连续剧里的男男女女好像从来没走出过他们的客厅，却不断地试图用性爱来解决他们的问题（虽然我们在电视上从来看不到他们在做爱），而且还不断对他们的关系提出疑问。有人跟他说过，这种连续剧的观众大部分是女人，或许他可以借此了解她们对生活有什么期待：连续剧里看到的男人都很帅，他们的话很多，而且展现出既温柔又坚定的特质。

"玛希·雅莉克丝，我们不像以前那么经常做爱了。"

他们在厨房里，玛希·雅莉克丝正在打蛋黄酱，这是托马最喜欢拿来涂烤面包的东西。

"我不知道我有没有兴趣聊这个话题。"她说。

"玛希·雅莉克丝，我想知道我们之间怎么了，我们到底发生了什么事？"

她看着他，然后说：

"你电视看太多了。"

很显然，她们总是用某件事情责怪他！酒喝太多了，电视看太多了。喀卜隆呐克女人在装扮方面很讲究，但是她们直接批评男人的方式实在太粗糙了。

她发现自己惹得尤利克不高兴了，她改口的速度比嘉桑特还快。

"尤利克，对不起啦。"

她凑到他身边，轻抚他的脸颊，可是她的目光一下就移开了：

"哎呀，我的蛋黄酱快要毁了！"

她蹦了一下又回到她的工作上。她们总是很认真，这一点很难改变。不过，会不会全世界的女人都是这样？

后来，孩子们都出门了，他们俩回到了床上，这一次，是她主动的。现在就是他们仅有的交谈的时刻了——在做完爱之后。

"我的北方来的小礼物不开心吗？"

"刚刚开始好一点了。"他微笑着说。

她假装打了他一拳。

"男人都一样！你们满脑子想的都是这个。"

"又不是只有我们想。"

"才不是呢，这种事有很大的不同。我们是周期性的，你们是一天到晚都在想。"

"那现在，你觉得你是在什么周期？"

有好几秒她什么话也没说。

　　"我想我的身体知道你快要离开了，"她终于说了，"所以，它开始准备了。"

　　"玛希·雅莉克丝……"

　　他把她拥在怀里，再一次感觉到泪水流在她的脸上，也流在他的脸上。

2

亲爱的尤利克：

　　或许您还记得我，我是艾德琳，我们一起上过那个电视节目。您曾经试着要保护我，而我事后才明白，我在摄影棚表现出一副不领情的样子实在是不对。

　　我跟一些朋友都很想和您见面聊聊，我们想，或许您会对我们的看法感兴趣，我们也很想听听您的看法。

　　如果您愿意和我们碰面，请打这个电话给我：……

现在，他和十来个年轻的喀卜隆呐克女人还有一个看起来很温柔的男孩子围坐在一张大桌子前面。玛希·雅莉克丝没有陪他来，因为现在他觉得自己一个人就应付得来，他还蛮自在的。出租车开了很久，他看见城市的景致改变了，街上的人不再全都是喀卜隆呐克人，穿得也没有玛希·雅莉克丝住的那一区的居民那么好。他们聚会的公寓在一栋建筑物最上面几层的其中一层。他看了窗外一眼，窗外的景色把他吓坏了：一栋栋高楼大厦、一家家冒着烟的工厂和望不到尽头的高速公路。

"尤利克，"艾德琳起了头，"我们想跟您解释一下我们的看法。不过，我想您也知道，我们没有任何反对您的意思。"

"相反，"艾力克斯这个蓄着小胡子的喀卜隆呐克年轻人说，"我们很尊敬您，也很钦佩您……"

"钦佩？"

这些人看起来很讨人喜欢，不过他不明白，他们怎么会钦佩他：他们从来没看过他打猎，也没看过他打斗。

"是的，因为您属于极少数没有因为生活而摧毁土地的人。"

这倒是真的，只要像他刚才那样往窗外看一眼，就会立刻明白这种事不会发生在喀卜隆呐克人的文明里。

"所以，您被这家石油公司操纵的这种事很让人难过。"另一个女孩子这么说。他刚才听到他们叫她萨蜜拉。他立刻留意到：她很漂亮，褐色的头发，杏仁眼，长长的鼻梁，身材高挑儿，不过穿着一点也不讲究，简直就像个男人。

"萨蜜拉，你不会开始要控诉尤利克了吧！这里又不是人民法庭。"

"我没有，"萨蜜拉说，"可是总得有人跟他谈这个问题啊！"

"主题，是我们，是女人。"艾德琳说，"尤利克还会上电视或接受报社的采访，我们得让他听听我们的看法。"

"确实是这样。"凯特琳说。

凯特琳是个微胖的金发女人，脸圆圆的，尽管有一对总是看起来像是受了惊吓的浅色眼珠，她还是会让他想起某些因纽特女人。她似乎跟萨蜜拉很要好，一脸钦佩的表情听着她说话，几乎不敢开口。她似乎鼓足了勇气才说出"确实是这样"。

"好，该你说了，玛蒂德。"艾德琳说。

玛蒂德是一个红发的小女人，她的身材非常瘦小，头发剪得短短的：简直可以说她身上有个男人的灵，或者该说是个骄傲的小男孩的灵。不过她说话的声音很有自信，还有一点沙哑。

"我们的看法，就是所有两性之间的关系长久以来就是以施加在女人身上的暴力为基础。几千年来她们成功地适应了，她们顺从，她们学会说谎，这一切都是为了不要被杀害、不要被抛弃。而且，事情的状况在世界上很多地方依然如此。不过今天，女人得到了真正解放的机会，当然不能错过。"

"你得说得更具体一点。"艾德琳说。

"那你来说啊。"玛蒂德一副被惹火的样子。

"不，不，你继续，我只是提醒一下而已。"

"我不喜欢有人打断我！"玛蒂德说。

"好啦，"艾力克斯说，"我们不要在尤利克面前吵起来吧。"

　　尤利克突然有一种很怪异的感觉：围坐在这张桌子边上的人当中，是女人在吵架，而男人在调解冲突——这和发生在他家乡的情况刚好相反，在他们那里，是女人们不以为然的目光阻止了男人经常一言不合就动起手来。

　　玛蒂德继续说了。

　　"我们的想法是，未来将是女性的。女人跟男人相比不那么暴力，女人比较认真，女人更会去思考保护环境的事，因为她们会担心孩子的未来。女人支配社会越多，社会就会越温柔、越没有暴力，也会越趋向永续发展。而且，女人得到最多自由的社会，像是北欧国家，那里对环境议题的思考也最进步。"

　　尤利克已经反省过这些关于男人和女人之间的差异问题，他相当同意。他解释说，在因纽特人的国度，女人比男人认真，因为缝制衣服需要认真，准备食物和养孩子也需要认真，而打猎需要的是其他专属于男人的必要特质，比如速度、力气和诡计。可奇怪的是，这样的解释显然没让玛蒂德和其他女孩子满意。

　　"是啊，可这是因为你们的社会有一点大男人。"萨蜜拉说。

　　"又来了。"艾德琳说。

　　"我没有，可是事情是怎样就得直说啊。"

　　"我们没有资格去审判尤利克的社会，"艾力克斯说，"他们的社会让他们可以在一个恶劣到不可思议的环境里生存下去。"

　　"可是说不定男女之间有一个比较平等的系统可以让他们生存得更好、发展得更好啊。"

"是啊，还可以让他们去摧毁环境？"

他们又吵了起来。他越来越渴了，还好桌上有一瓶红酒已经打开了，他自己倒了一杯。

"好了，"艾德琳说，"也许我们该让尤利克好好说一下他的看法。"

这瓶红酒没有丽兹大饭店的好，不过他还是很满意。他突然发现所有人都在看他。

他的看法？

"是的，"艾德琳说，"您看，这里的女孩子没有一个跟男人一起生活。就是因为她们我才想到要写我的书《我不需要任何人》。"

"那艾力克斯呢？"尤利克问道。

"我有一个女朋友，"艾力克斯说，"不过她不会来参加这些聚会。"

"她还在妥协之中。"玛蒂德说。

"你太夸张了。"艾力克斯说。

他们又吵了起来。听起来是艾力克斯的女朋友想跟他一起生活，而且想生小孩，而其他女人，尤其是玛蒂德，认为这种态度是一种"精神错乱"的症状。

"太夸张了吧，"萨蜜拉说，"艾力克斯很尊重她，也不能说她不同意我们的想法就把她说得好像是个迟缓儿！"

"谢谢你，萨蜜拉。"艾力克斯说。

尤利克搞不懂他们到底在争什么。为什么她们觉得跟男人一起生活很可耻？他无法相信她们会喜欢她们的孤独。

他一边继续喝酒，一边听他们吵架。

"就连'插入'这个字眼也是一切包含在传统男女关系之中的暴力的象征！"

这话让他吓了一跳，玛蒂德说的"插入"带有性的含意吗？

"这种事在语言里就看得出来。"她继续说了下去，"我们会说'前戏'，仿佛发生在插入之前的一切都没那么重要，仿佛只有那回事才算数。这完全是一种阳具中心的观点。当然了，这是男人喜欢的：被奉献出来的女人，被动的、被插入的。所有对女人施行的暴力都已经写在这个最根本的动作里了。"

他很想看到其他人哈哈大笑或是生气，结果没有，他们带着某种敬意听着玛蒂德说话，连艾力克斯也不例外。

"可是，"尤利克说，"没有插入的话，你们怎么生小孩？"

玛蒂德的目光和他的目光交接，他真的感觉到一个男人的灵，甚至，是一个战士的灵，在她的身上。

"只要有精液就够了，"她说，"我们不需要提供精液的动物。"

这话让他有点害怕。他决定什么话都不再说了。如果他们疯狂到这种程度，没有人知道晚餐结束之前会发生什么事。

3

艾德琳开车送他回去，车子穿过辽阔的郊区——不完全是喀卜隆呐克人的郊区。

"我希望我的朋友们没把您吓坏。"

他们是真的把他吓坏了，不过一个因纽特人绝对不会承认他害怕。

"他们有一些奇怪的想法，"他说，"尤其是玛蒂德。"

"噢，我觉得她太夸张了。不过您知道的，为了捍卫一种利益，一定要一直尝试走得很远，这是要获得某些东西的唯一方法。"

"或许吧，不过她看起来是真的相信她所说的：我们需要精液，不需要提供精液的动物！"

"噢，这当然跟她个人的历史有关……不过如果您跟她说这个，一定会惹火她。忘了我跟您说的话吧。"她微笑着把话说完。

他看着艾德琳。真奇怪，在电视台的时候，她看起来是要替玛蒂德这种女孩子辩护，她会说女人从此可以不要男人了。可是现在，在这辆车里，她显得温柔得多，也通情达理得多。他甚至觉得她蛮漂亮的，尽管以他的标准来说，她有点太胖了。

"所以，总的来说，这一整晚的闲聊当中，您会记得什么？"

"不知道，或许会有越来越多像艾力克斯这样的年轻男人。温柔，而且是女性的好朋友。"

"而且又很帅。"

这种想法让他很惊讶。这种想法应该来自一个因纽特女人吧，所以从一个声称可以不要男人的女人嘴里说出来的时候，很令人惊讶。

"不过您知道的，这种男人不在多数，"她说，"这里有不少年轻男人对女孩子很恐怖。"

他想起艾克托医生跟他说过的关于高级山羊的事，还有某些人对待不愿意接受女性角色的那些女孩子的方式。

"就算在那些高级的街区里，也有不少浑蛋。"

她说这话的时候带着一抹悲伤的神情，他感觉到艾德琳遇到过这种浑蛋。

"总而言之，现在，我们可以不要男人了。"她接着这么说，像是说给自己听。他们的车在红绿灯前停了下来，车道上一辆车也没有。绿灯亮了，可是艾德琳没踩油门，他转头看她，发现她哭了。

"这一切，都好荒谬，"她啜泣着说，"都好无聊……"

他觉得艾德琳需要呐喀里可。

4

"你好温柔。"她说。

他觉得很自豪，终于有一次是他主动了：他看到高速公路旁边一家旅馆明亮的招牌，那是上次弗萝伦丝带他去的那种连锁旅馆，他向艾德琳提议在那里停车。她有点惊讶，不过还是顺从地听了尤利克的话。接着，他去柜台要了一个房间，牵着艾德琳的手上了一张双人床。

"你好可爱。"她轻轻吻了他的胸口一下。

他不知道自己到底可不可爱，不过她无论如何都流露出了非常温柔和非常激情的一面。想到她是一个如此温柔又激情的宝贝，而和她擦肩而过的男人竟然都对她视而不见，没去想象她可以给他们什么，他觉得真是太可惜了。如果她在因纽特人的世界，应该是个很受欢迎的女人，虽然她有点胖胖的。再一次，他想到有几百万个像艾德琳一样的女人晚上独自回家，他觉得真是太让人难过了。

"艾德琳，为什么您说您可以不要男人？您跟男人在一起会很快乐呀。"

"啊，你还停留在那场辩论里啊？可是我们可以用'你'相称吧。"

这对他来说是件难事。自从到了这里，他只和嘉桑特是立刻就以"你"相称，后来过了很久才跟玛希·雅莉克丝以"你"相称。以某种方式来说，和艾德琳以"你"相称会让他觉得背叛了另外两个女人。想到他和嘉桑特最后一次相会，他突然心头一紧，他那句关于新客人的话伤了她。从那次之后，他再没见过她。

"你在想什么？"

这就是一个因纽特女人不会拿来问男人的问题。当男人不说话的时候，因纽特女人会随他去。

"我在想你为什么会是单身。"

她坐在床上。在她刻意留下的唯一一盏床头灯的光晕下，他已经看习惯她丰满的体形了。她似乎从来没有生过孩子，但她看起来像是会生下漂亮宝宝的那种女人。

"你不会明白的。"她欲言又止。

"不明白什么？"

"我很难说出口。"

突然，她看起来有点难过。他把一只手放在她的大腿上。

"你什么都可以说，我只是一个可怜的因纽特人，远离家乡，我什么也不会告诉别人。"

她露出微笑。

"嗯，好吧……你不会知道这种感觉的，就是长得不太漂亮，同时又蛮聪明的。"

"可是你很漂亮啊……"

"才不是呢，你人真好。我是有可能有某种魅力，在我觉得自己恋爱的时候，就像现在，可是我并不漂亮。而且，我太胖了，在这里，要让自己成为不被欲求的对象，最好的方法就是变胖。"

"你的意思是，男人对你没兴趣？"

"总之我喜欢的那些对我都没有兴趣。有时候，有些烂人只想上我，他们认为我应该没什么人追，应该很容易搞上床，就来试试看了。一开始，我会顺水推舟，我对自己说，这样可以发泄一下，可是到头来只是沮丧。或者也有极少数的男人真的对我感兴趣，可是我总觉得我只是他们的最后一个机会，因为我会告诉自己，他们没有什么机会遇到比较漂亮的女孩子。"

艾德琳讲她的故事像在说笑，可是他感觉到她心里累积的痛苦。他心想，不知道他有没有办法去小冰箱里找香槟和威士忌，又不会显得分心没听她说话。还是等一下再去好了。

"问题是，在这里，男人一天到晚都会遇到几十个漂亮的女孩子，而且，电视上、广告里、杂志上随时都看得到，一切都是要让男人满脑子想的都是漂亮的女孩子。这么一来，我想外表变得比以前更重要了，一场永无休止的竞争就在那里，我有兴趣的男孩子都跑去追一些比我漂亮的女孩子了。到头来，与其让自己被一些烂人爬到身上，还不如自己一个人……"

她看着他。

"所以我觉得你好可爱。"

她说这句话的时候带着一种令人感动的单纯。

"在因纽特人的世界，你会很受欢迎的。"

她笑了。

"那我要去那里成家立业吗？才不要，我好怕冷……"

然后她陷入沉思。

"有人说我们这里是女性主义的社会，其实我们只是给那些花花公子创造了一个天堂。这是人类史上绝无仅有的，那些男人从来不曾像现在这么容易就可以搞上这么多年轻女孩……"

他得承认她说得没错，自从他来到这里，他认识的女人比他一辈子在村子里认识的还多。而且，他还受限于不想让玛希·雅莉克丝伤心、不想欺骗嘉桑特、不想背叛呐娃拉呐娃，还缺乏经验——他还没有经验老到的猎人长期猎捕某种猎物的全套技巧。

"……而且女人也从来没有承受过这种施加于外貌的压力，她们时时刻刻都得展示自己的身体，表现出她们是可以被欲求的。现在，很多年轻的女孩子穿得像妓女似的，她们甚至在身上刺青，像色情片的女演员那样。我们的社会正在变成一部大型的软调色情片。"

他知道这种影片，他在电视上看过：就是做爱，但是看不到玛蒂德不喜欢的那种插入。

艾德琳望着他，一副心里有事的模样，却不敢对他说。他认定，往小冰箱走去的时刻到了。

"要不要喝一点香槟？"他拿了两瓶小瓶的香槟走回来。

"噢，好啊，真是个好主意。"

他们坐在床上碰了杯，她还是望着他。过了一会儿，她开口了：

"我想要请你帮我做一件重要的事。"

"什么事？"

她又犹豫了一下才小声地说：

"我想要你帮我造一个小baby（婴儿）。"

她就坐在他的身边，胖胖圆圆的，很惹人爱怜，在等他回答的时候，她甚至不敢再看他一眼。

"你会明白的，"她说了下去，"我知道你就要离开了。我永远不会带着小孩来烦你。可是你是我的机会，我永远不会找到一个像你这么帅又这么有趣的男人来到我的床上。你是我唯一的机会，让我可以生出一个很棒的、强壮的，而且或许还很温柔的小baby……而且我现在正好在适合怀孕的周期。"

然后她就没再说话了，低着头，垂着眼帘，温柔的姿势就像一个因纽特女人来向她的男人要求一件事。

于是尤利克就这样在喀卜隆呐克人的国度当了父亲。

5

艾克托医生不在他的诊所，尤利克拨了他的手机号码。尤利克觉得自己好像吵醒了他，可是时间已经是下午三点了。

"啊，尤利克，您好吗？"

他的声音听起来很开心，同时又有一点睡意。尤利克跟他说需要和他谈一谈。艾克托医生回答说真巧，他就在尤利克住的那家大饭店。

艾克托医生来帮他开门的时候穿着浴袍，头发还湿湿乱乱的。尤利克立刻闻到房间里有一股香气：那是洁哈汀的香水味。

"这里比我的诊所方便多了。"艾克托医生这么说，尤利克也没问他任何问题。"请原谅我刚才睡着了。"

他走进浴室，出来时已经穿上了衬衫和长裤，脚上踩着饭店提供的海绵纤维布做的拖鞋。

"嗯，我们别让自己渴死吧。"他说。

他拨了客房服务的电话，点了一瓶桑塞尔的白葡萄酒，还有两打生蚝。

他们开始聊天，一边品尝着生蚝。尤利克的心里有了准备，这又是他返乡之后会感受到的一大遗憾。

"好吧，这么说来，您是真的遇到货真价实的真品了。"艾克托医生听尤利克说了晚餐之约发生的事，他说，"请注意，她们只是我们每天在家里都会看到的女人的一种极端的形式。"

"可是大部分的女人都不会拒绝插入吧，不是吗？"

"是不会，不过她们经常没有做这档事的心情，或是我们的爱抚不够，或是我们没有引起她们足够的兴趣，或是她们累了——您看，我们是了解她们的——或者，她们对自己的身体不满意，或是她们的办公室有些让人忧心的事，或是她们期待我们跟她们说说话而不是嘿咻嘿咻。"

艾克托医生这阵子变了。他看起来对自己说的话更有自信了，而且会让人觉得他想要嘲讽所有的事。

"问题是，会让我们忘忧的是做爱啊，可是她们呢，忧心的事让她们没办法在性爱之中忘了自己。嘿，这个句子很棒，我得把它记下来！"

"可是因纽特女人也有她们忧心的事，她们也不是随时都有心情做爱啊。"

"我可以想象。不过在这里，她们过的这种日子让她们越来越没有心情，工作不是那么有利于性爱。结果是……"

他不再说话，环顾了一下房间，仿佛在说他此刻的状况就是他想说的那种结果。

"您想说的是，喀卜隆呐克女人得停止工作吗？"

"噢，不是，绝对不是。女人如果留在家里，也不会让人很有性欲。而且，就是因为女人受了教育，开始工作，我们的社会才会发展得这么快。"

那么，艾克托医生到底想说什么？他继续关于女人的思考。

"到头来，她们只有一开始的时候最想做爱，那时候她们还害怕您不留下来，或者过了一些时候，她们又开始害怕您丢下她们。可是我们没办法总是保持一个即将离去的男人的姿态，总是有那么个时刻，我们会对她们说'我爱你，我会留下来'——而这也是她们要的。这下子，事情怪了，她们的性冲动就下降了，嗯，只有一点点还留在心底深处，不过只有这么一点点也是很难让人安心的。"

尤利克心想，喀卜隆呐克男人是不是也变得跟女人一样复杂了。

"请注意，"艾克托医生说，"男人也没好到哪里去。女人不再能依靠男人，总之，男人比起从前不可靠多了……一夫多妻是禁止的，可是我们男人找到了解决的办法：连续性的一夫多妻！……嘿，这一句，我也得把它记下来！"

尤利克告诉他艾德琳安排的聚会之后发生的事，还有艾德琳卑微的请求。艾克托医生听着这故事，眼眶都湿了。

"噢，老天，可怜的艾德琳，"他说，"有几百万个女人都像她一样。不够性感，不足以吸引很多男人，可是够聪明，足以养成难相处的个性。这种事真可怕……"

他又给自己倒了一杯桑塞尔。

"妈的，如果是一个世纪前，她应该会在村子里找到一个老公，她老公会觉得她很美丽，因为他没有从小被成千上万苗条诱人的女孩子的影像制约。"

"我们家乡到现在都还是这样。"

"就是啦！我亲爱的尤利克，我酒起我的举杯，噢，对不起，我举起我的酒杯，祝因纽特人幸福，敬你们的体系不会让人发胖，敬您在我们领土上未来的孩子。嘿，而且，我想当这个小家伙的教父。来吧，这种事值得干一杯！"

他们干杯了。

"您看，"艾克托医生说，"艾德琳看事情或许有点灰暗，她相信她之所以会一个人生活是因为她不够漂亮。我也看到不少很漂亮的女孩子还是单身，不过这些女孩子的情况不一样：她们还很年轻，还不懂得选择对象的时候就已经招蜂引蝶了，结果她们经常跟一些浑蛋有关系——比起其他人，这些浑蛋在面对美女的时候并不会害羞——到后来，她们变得有点错乱……她们最后决定自己一个人生活，才不会受到爱情的伤害，她们怕受更多的苦。而因为她们经历过热烈的激情，温柔的男人会让她们觉得无聊……"

尤利克想起嘉桑特说的关于"力量"对女人的吸引力，就算对方是浑蛋也一样。

"这时候，我看到另一个类型来了。"艾克托医生说，"三十来岁的女孩子，很年轻就结了婚，已经有两三个孩子，也就是那种走传统路线的。"

"她们不快乐吗？"

"不快乐，因为她们嗅到了时代的氛围，突然——通常这种事是一下子就让她们改变的——她们心想，她们不曾有过真正的青春，她们没有好好认识过爱情。于是她们抛下丈夫，要过真正的生活，这时候，通常她们只会做出一些蠢事，她们会爱上一些只想跟她们上床的家伙……而她们会来我这里是因为她们被伤害了……"

在喀卜隆呐克人的国度里，形形色色的单身女人似乎跟他村子附近的鸟的种类一样多……

"问题是，"艾克托医生突然说，"我相信这是我最后一次来这里了。"

"您跟洁哈汀合不来了吗？"

"刚好相反。"

艾克托医生说，每次见面，洁哈汀都对他多吐露一些她的过去。现在，他比较了解这段过去了，他觉得很难继续当她的顾客。显然，洁哈汀的故事并不愉快，甚至比嘉桑特的更惨。

"我知道我很容易让人产生信任感，"艾克托医生叹了一口气，"可是，这么一来，我就不能继续把她当成一个开开心心的交际花只是来让我高兴而已。我所知道的她的故事不是什么能让我精神振奋的好事。另一方面，我也不想惹她不高兴……再这样下去，是她会变成我的顾客……"

"您给了她呐喀里可呀。"

"不只如此，我还给她真正的治疗……您会说我可以把她交给另一个男性的同行啊——因为她不想看女医生——可是我心里想，这样至少我不必在坐诊的时候心里七上八下的，满脑子想的都是她的裸体，我早该这么做的……"

这时候，有个东西振动了起来，那是艾克托医生放在茶几上的手机。他拿起电话，看了看来电显示的号码，然后就愣住了。他让手机继续振动，然后是铃声响起，他没做出任何动作。电话又静了下来。

"嗯，"他说，"嗯。"

接着他听了语音信箱里的留言。一种混合着开心和担心的表情出现在他脸上，像是猎人看到了追捕的猎物，得要面对它了。

"嗯，"他又说了一次，"是她……"

从他的神情看来，尤利克知道他说的是那天跟他打电话的那个女人。

"……她想要跟我说话，她说她想知道我过得怎么样……"

他看着尤利克。

"依您看来，我应该立刻回她电话还是等一下？"

"一个男人出门打猎，离开的时间比原先预估的更久，等他回来的时候，他的妻子会更爱他。"

艾克托医生把电话放回茶几上，仿佛很不情愿似的。

"您说得对。我会等到明天……或是今天晚上。不过今天晚上，有一点太早，会不会？"

这问题让艾克托医生很心烦，害得他不再对生蚝感兴趣了，尤利克只好帮他把那打生蚝吃完。

6

他打电话给嘉桑特，可是只听到录音机里不知是何人的声音。他挂上了电话。尽管在这里过了这么些时日，他还是没办法响应一个不是活生生的声音。

他让丽兹大饭店替他送了一大束花过去（他离开之后，弗萝伦丝核对旅馆账单的时候，花店的发票让她陷入了嫉妒和怀疑的折磨里），附上一只站在玄武岩上的小海豹代替名片。

嘉桑特打电话来了。

"那天我很抱歉。"她来到房里的时候尤利克这么说。

"别提了。"

她吻了他。

接下来，一如往常，这是谈话的最佳时刻了。

"你很快就要回去了吗？"

"为什么你会这么问？"

"因为我是个精明的女孩，什么事都感觉得到。"

"是啊，嗯，我要走了。我得回我的部落去。"

嘉桑特转身过去，背对着尤利克。

"嘉桑特？"

"对不起，这样很蠢，这是反射动作。"

她哭了。

可是她立刻就回过头来，把眼泪抹去。

"这是我最受不了当女生的一件事：眼泪实在太容易掉下来了……"

尤利克把嘉桑特紧紧拥在怀里，直到她不再流泪。

过了一会儿，嘉桑特对尤利克说：

"让我有点心烦的是，你是我心目中的理想男人。"

"理想？"

"对呀，我需要你的时候你就在那里，可是其他时间我还是过着我想要的日子。你会逗我笑，我们在床上很合，你说我还能再奢求什么？女人还能再奢求什么呢？"

"丈夫呢？孩子呢？"

"噢，我才不要呢！我很清楚婚姻不是什么神奇的东西。而且，我的工作，说起来是去拯救一些婚姻的。"

"拯救？"

"对我的常客们来说，我比起情妇的风险低太多了。有些人从一认识的时候就跟我说，他们跟他们的妻子在一起的时候比较温柔……"

为了避免过于单调，因纽特人发明了暂时换妻的方式，至于喀卜隆呐克人，则是求助于秘密的双妻制。

"其实，你可以让不少女人快乐，"嘉桑特说，"我很确定你干这一行一定会超级成功的。"

"这一行？"

"我这一行啊，反正就是一样的事，只不过服务的对象是女人。"

他一头雾水。嘉桑特从桌上拿来一份饭店提供的国际著名日报，把分类广告的那一页拿给他看。上面有"伴游少爷"这样的字眼，附有电话号码，打去就可以请对方提供一个有魅力的男人做伴出游一次，或是一个晚上。

"这是说得好听，其实就是去跟人家上床。你知道，这个市场现在正在急速扩张。"

尤利克大惑不解。

"可是她们付钱给男人吗？"

"当然啰。而且，这种服务，会来的都是一些手头阔绰的女人。"

"可是她们的丈夫会怎么说呢？"

"通常她们没有结婚，或是本来有丈夫，现在没有了。多半是一些四十岁或四十多岁的女人，离婚的也有，一直单身的也有。她们跟所有人一样有需求：她们需要感觉到别人对自己的欲求，她们需要高潮，甚至有些女人是来发现高潮的，因为她们不一定被男人好好对待过。还有就是来感觉被男人搂在怀里……我做这一行的朋友告诉我，通常完事之后还得留下来跟她们聊一下天，不然她们就不会觉得满意。"

尤利克想到弗萝伦丝。他想象她打电话找这种服务：一个可以随时配合她的行程，并且满足她隐藏的欲求的男人。他明白为什么喀卜隆呐克人的社会会这么强大了：这个社会制造出一些可怕的事物，像是女人的孤独，同时也发明了疗愈的方法，像艾克托医生或是"伴游少爷"。

"可是你怎么会认识做这一行的男人？"

"当然会认识啊，我们就像所谓的同事，可是我们从来没有竞争关系。你看，他们还会告诉我他们现在遇到的一个大问题：因为更年期的激素治疗用到的那种俗称'青春激素'的DHEA（脱氢表雄酮），有越来越多孤孤单单的六十岁女人还是很饥渴，她们会打电话找他们。她们比从前的老女人健康得多，可是毕竟……"

六十岁。他心想他有没有听错：她说的真的是六十岁以上的女人吗？

"……还好，就像我一样：你做到某种程度以后，就可以挑选顾客了。我很确定你一定会红的。就这样，你可以在喀卜隆呐克人的国度里赚大钱了！我们甚至可以住在一起，用我们的两份收入一起生活！"她做了这样的结论。

尤利克一阵眩晕。想跟多少女人上床都可以，而且她们还会为这个付钱！如果她说的是真的，他很快就可以接呐娃拉呐娃来这里了，他可以把她安置在一间公寓里，同时还可以继续跟嘉桑特来往，她也不会怀疑！在这里，他已经明白了，他很容易就可以同时拥有两个女人，而且可以不让她们碰到对方，这种事在他的村子里是不可能的。可是另一方面，从事这种行业似乎不符合一个骄傲的因纽特人的尊严：让一个女人付钱给你，那就是说有个女人可以用某种方式支配你。不过说不定他可以不去想这种事……嘉桑特打断了他的白日梦。

"不要想了，我独一无二的因纽特人，不要再想这种事了！这是天马行空的想法！不是什么提议。我不想要你留下来，也不想要我们生活在一起。"

这话一说，他觉得有点不高兴了。

"可是为什么呢？"

"我很了解我自己。其实，我知道这只是个假象，事情不会一直像这样下去，我最后会抛弃你，或是你最后会受不了我。而且你的生活，明明就在另一个地方。"

他得相信嘉桑特说的。她只比他大两岁，可是在男女之间的爱情方面，她知道的事情比他多太多了……

"我们在一起的时间太美好了，我们得把它当成一个礼物。如果哪一天你又回到这里，你打电话给我我会很高兴的。知道吗？我独一无二的因纽特人。"

"我知道了。"

然后，他们又紧紧拥抱了一会儿，因为要和一个礼物分离，从来就是很困难的事。

Chapter *10* 呐娃拉呐娃

心碎和欢乐同时出现。呐娃拉呐娃。
呐娃拉呐娃。
他就要再见到她了。

从飞机的舷窗看出去，他看到云堆聚成一片片的峭壁，仿佛飞机在落日照耀的巨大冰山之间移动。

他在空乘经过时举起手中的空杯，她立刻带着微笑走回来，帮他倒了一杯香槟。刚才，这个空乘跟同事们交头接耳时偷看了他好几眼，他看她这个样子就知道她认出他了。尤利克和乌拉的广告已经播到大西洋的对岸了。可是看着这些年轻漂亮、穿着制服的女人在那里偷偷谈论他，一点也没让他觉得开心，连香槟也没办法让他愉快起来。

早上，在公寓里，他吃了他最后一次的家庭早餐。所有人都静静的。托马专心看着他刚从一个天文学网页上打印下来的几页数据。茉莉叶特把烤好的面包递给他，对他露出浅浅的、悲伤的微笑。玛希·雅莉克丝则是假装一如往常地忙进忙出。

稍晚，在机场，就是最后道别的时刻了，他吻了他们每一个人，玛希·雅莉克丝偷偷地紧紧抱住他——转瞬即逝的一秒，他们的脸如此贴近，跟在床上的时候没有两样。

后来，就是透过海关的玻璃窗看到她的最后一眼了，然后是孤独的步伐，走向摆着香槟的贵宾室，这是"尤利克和乌拉"带来的最后的好处。

当他把自己的悲伤告诉艾克托医生时，艾克托医生提醒他，他经历的应该是他这一生中的第二次大告别，而孤儿尤利克立刻感觉到从童年就隐藏在他心里的某个部分又活了起来，谭布雷站长的妹妹写给他的信当然也浮现在他的脑海里。艾克托医生给人带来的不只是**呐喀里可**，他还可以让人辨认出感觉到的东西，还有无法形容的东西。

可是随着飞行的时间慢慢过去，其他感情也浮现了，先是出现了一下子，接着是更长的时间，就像暴风雨前的初雨和闪电。心碎和欢乐同时出现。呐娃拉呐娃。

呐娃拉呐娃。

他就要再见到她了。

Chapter *11* 陌生的国度

此时此刻的她，看上去就好像一尊雕像，这大概应当是一个雕刻家最欣赏、最想抓住的场景了。

当飞机来到伊格卢利克上空的时候，尤利克感觉自己简直都快认不出这个地方了。只见那石油基地已经从港湾向内陆延伸出好几千米，一排排橘红色的工棚、四处遍布的高压线铁塔，再加上那人工修筑的港口，正在"吞噬"这一片一直留存在他内心深处的土地。如今，他甚至连自己的那个小村子在哪里都不知道了，而往年一到春天就会有一群群海象聚集的那个海湾也已经不见了踪影。

"瞧，您的村子。"飞行员指着一个看起来与周围基地的景象略有不同的丘陵说道。

在那里，尤利克看到的是一片预制板房。因纽特人难道会放弃自己的大冰屋，住到这样的板房里来吗？

飞机——小型的单引擎式，下面只有两块板，权当是起落架——停在了预制板房旁边的一片雪地上。

尤利克从飞机里跳到地上。现在已经是初夏了，天气远没有他当初离开村子时那么寒冷，不过，他脚下还是有积雪在嘎吱作响。

尤利克看着眼前的预制板房。想当年，前来勘探这一片土地的第一批喀卜隆呐克人就是用同样的材料搭建起了他们的居所。而如今，从他眼前的这些板房的烟囱里也飘起了袅袅炊烟。他还发现在房子的上方有一些抛物线般的锅状天线。难不成因纽特人现在都开始看电视了?

没有任何人从屋子里出来迎接他。他拿起了自己的包,向前走去。

突然,他看到一个男人坐在一堆雪上,背靠着预制板房的外墙,看起来像是正在享受正午的阳光。男人就这样保持着原有的姿势没有动弹,只是轻微地比画出一个友好的手势。

尤利克走上前去。此人正是首领。

当他来到首领身边的时候,首领继续向他微笑,但并没有起身欢迎他,也没有说一句话。

"其他人呢?他们在哪里?"尤利克问道。

首领做了一个含糊的手势,结果险些害自己失去平衡。

"……电……视。"

就在这个时候,尤利克才发现,旁边的雪地里深深地插着一瓶几乎喝完了的威士忌。

"……完……了!"首领摊开手掌说道。

首领开始笑起来,与此同时,眼泪滑过了他布满皱纹的脸庞。

尤利克回来之前就听说呐娃拉呐娃在那里工作。

他穿行在石油基地的通道里,一辆辆大卡车或其他更巨型的设备车发出雷鸣一般的巨响,从他身边呼啸而过。就算是走在人行道上,他也得很小心,因为这个基地如此庞大,以至于几乎没有人会徒步出行,而那些开大车的司机也根本没有养成留意人行道上的行人的习惯。

尤利克最后停在了一栋没有窗户的长长的建筑面前。随着夜幕的降临，一个灯光指示牌刚刚亮了起来。"极地吧"，他看到上面写着这样的字眼。于是，他走了进去。屋子里烟雾弥漫，到处都是人高马大的喀卜隆呐克人，一个个懒洋洋的，周围满是成打的啤酒杯。他们中有很多人蓄着大胡子，有的头上还戴着镶有石油公司徽标的头盔。大厅里的音乐震耳欲聋，他径直向吧台走去，一边走一边尽力用双手捂住自己的耳朵。

"想要点什么？"吧台的服务生问道。

"您能给我弄一杯海风吗？"

"啊，当然！实际上，我很喜欢做这个。"

突然，吧台后面的一扇门打开了，库利司提沃克闪了进来。他穿得就像一个喀卜隆呐克人，但脖子上套着一条粗粗的金项链，还戴着一只手表，看起来似乎也是金的。

"尤利克！"他大喊了一声。

尤利克试图挤出一点笑容，但他自己清楚，看到这样一个人，他心里并不会感到开心。

"一个伟大的猎手难道应该待在喀卜隆呐克人的酒吧柜台里面吗？"尤利克问道。

"哦，"库利司提沃克说，"时代已经不同了嘛。"

很奇怪，尤利克感到对方的眼神里流露出一丝恐惧。可是，库利司提沃克怎么会对他感到害怕呢？

尤利克将身子转向大厅。在进酒吧的时候，他并没有留意到，在大厅深处有一个舞台，七彩灯光打在上面，将舞台照得透亮。有一个裸体女人随着音乐的节奏在舞台中央扭动。

一个女人……

呐娃拉呐娃。

全身上下几乎一丝不挂，只穿了一双皮靴子。呐娃拉呐娃在台上摇摆起伏，时不时地，她会用手抓住竖在舞台中央的一根柱子，带动身体，以一种更快的节奏转动。

就在那么一瞬间，她的视线与尤利克相交，然后，整个人僵在了那里。音乐始终在疯狂轰鸣，但呐娃拉呐娃石化般一动不动，眼睛呆呆地盯着尤利克，一只手还抓在柱子上忘了放下来。此时此刻的她，看上去就好像一尊雕像，这大概应当是一个雕刻家最欣赏、最想抓住的场景了。

她试图对他笑一笑，可是瞬间眼睛里已盈满泪水。

"嘿，"吧台的服务生发话了，"你不能就这么停下来吧。"

"我说，爱斯基摩人，动起来啊！"一个坐在舞台边上身形高大而胡子拉碴的喀卜隆呐克人喊叫着。

"得给她加一点燃料了！"另一个人说。

好几卷纸状物随即被抛出，滚到了舞台上。全都是钞票。

"尤利克，不要！"库利司提沃克大喊。

尾 声

半梦半醒之间，他听到下方某处传来一声"啪嗒"，是某种东西掉进液体里面的声音。可以想象，她此刻正在半明半暗的海里裸泳，绿色的水面浮现出她那白色的剪影，远处群山的峰顶开始被晨曦照亮，这是每一个白天开始之前最后的清爽时刻。再过一会儿，他将会去海里陪她一起游泳。在这个地方，她每天有一半的时间都待在海里面，就好像她身子里一直活着一个美人鱼的灵。不过，在他们的故乡兰开斯特海峡冰冷的海水中，这个美人鱼的灵永远也不会尽情绽放，而只有在这里，此刻，才能在她的体内完全舒展。

一艘小船的马达在他的耳边响起，接着传来了动身出海打鱼的基恩的讲话声——正在向她问好。

正如尤利克所预料的那样，这里的渔民很快就接纳了他们。

那一天，他把她从乱成一团的"极地吧"里面带出来，径直奔向那一架靠两块板作为起落架并把他安全送达的小飞机。就这样，他们离开了故乡，飞到南方八百千米以外的庞德因莱特，降落下来。

当他们在飞机上的时候，她紧紧抱着他，像一个孩子一样酣

睡，而他却在心里想，接下来，不知道要去哪里才好。他再也不可
能在因纽特地区生活了，对于这一点，其实早在这一次出发返乡
前，他就已经心里有数了。在玛希·雅莉克丝所在的那个城市，他
经历了太多美好而又危险的事情，结果就是，因纽特的生活从此对
他来说，就只意味着在冰屋里面无穷无尽的苦难和折磨。更何况，
在他离开的日子里，因纽特人这种传统的生活方式早已被喀卜隆呐
克人摧毁殆尽。这些喀卜隆呐克人或许没有什么恶意，但他们的社
会就好像一头巨大的、莽撞的熊，闯入别人的屋子，本想朝着主人
做一个友好的手势，结果却一巴掌拍了个面目全非。

　　可是，尤利克也不想再回到喀卜隆呐克人的国度。因为他爱呐
娃拉呐娃，他知道在那里，她一定会感到痛苦。他很招女人喜欢，
对于这一点，他现在算是了解了。在那个城市里有那么多单身女
子，还有那些虽然结了婚但一直憧憬爱情而再也不能承受婚姻挫败
感的女人，置身于这样的环境里，他很明白自己不可能一直保持对
她的忠诚，甚至无法仅限于"理性的出轨"。在那些女人的欲望以
及他自己的欲望面前，他知道自己可以说是完全不设防的。无论如
何也不能让此时此刻安睡在他身旁的这个女人因此而受到折磨。

　　稍后，当他透过舷窗看到飞机下方出现许多刚刚脱离海岸线的
巨大冰山时，他想起了那些被大海包围的群山，以及弗萝伦丝在那
次大会上介绍的那个奇怪而又有魔力的名字。

　　下龙湾。

　　抵达庞德因莱特之后，他让呐娃拉呐娃继续睡觉，又抓紧时间
发了几封电子邮件，并与弗萝伦丝和玛希·雅莉克丝通了几次电

话，于是安排好了一切。钱不是问题，"尤利克和乌拉"的广告收入一大笔一大笔地注入以他的名义开设的银行账户，其金额之庞大，就好像托马曾经告诉他的星星之间的距离，简直难以想象。不仅如此，一场全球性的广告活动已经展开，再加上由此衍生的相关产品，带来了一波又一波新的收入，数字之巨就像他童年时与父亲一起看到的流星雨——每当这个时候，父亲总是会预言，接下来的打猎季必将大获丰收。尤利克决定继续把收入的一半交给他的因纽特部落支配，尽管如此，他个人拥有的依然是一笔庞大的财富。至于那一天在"极地吧"打架伤人，以及毁坏物品而导致的经济损失，对他来说简直就是九牛一毛，不值一提。

另外，还有一个好消息解决了其他所有的困难：下龙湾已被纳入世界人类遗产。既然如此，那么来自另一个世界人类遗产的代表在这里栖身也就是一件再自然不过的事情了。于是，玛希·雅莉克丝召集各个委员会及其下属小组委员会，开了十几小时的会议，从而为这件事启动了联合国教科文组织这个庞大的机器。

尤利克每个星期都会抽一天坐船去海边的一个港口，在一家为游客开设的酒店里接收邮件，与玛希·雅莉克丝保持联系。

难以置信的是，他离开玛希·雅莉克丝不久，她就动身去他的因纽特部落工作了。在那里，她努力争取实现在整个石油基地的范围内禁酒，而这显然是为了帮助因纽特人。在二人往来的电子邮件中，他们总是以"您"相称，而且邮件的结尾总是那一句"祝您安好"。字里行间，几乎没有流露出任何他们之间曾经共有的那段感情。在其中的一封邮件里，她告诉他，夏勒已经搬回家里住了：

"对孩子们来说，这简直太好了。"而在完成了因纽特人地区的工作任务之后，她在发给他的另外一封邮件中写道："我现在感到很幸福，回忆依旧历历在目，但我们不可能在同一个时刻拥有所有的幸福。"

对此，他的回应是："我们不可能在同一个时刻拥有所有的幸福，但这些曾经拥有的幸福永远也不会消逝。"事实上，他还在想着她。

玛希·雅莉克丝又出发去执行其他的长期任务了，然后是另一个。她仿佛变成了一个因纽特猎人，离开家园，远赴征途，而与此同时，留下自己的配偶在家里照顾孩子。只不过，与因纽特猎人不一样的是，玛希·雅莉克丝留在家里的是夏勒，他重新回归了家庭，每天帮着托马做练习。

尤利克从来没有听到过嘉桑特的消息，艾德琳也音信全无。有时候，他会想，在这个他曾经体验过的大城市里，某一天在某个地方，有一个蓝色眼睛的欧亚混血小女孩将迈开她的脚步。

不过，一想到这个小女孩在喀卜隆呐克人的国度里将要面对的人生，他就禁不住要把这个念头从自己的脑海里抹去，转而期盼这个孩子是男孩而不是女孩。然而，对于这一点，连他自己都不相信。他知道自己总有一天会与这个孩子重逢，尽管他现在还想象不出这一幕会如何发生。

有一天，他收到了乌拉的驯兽师发来的邮件。驯兽师说为乌拉介绍了一个对象，是昔日帝国马戏团的一头北极熊，这个马戏团的总管特朗布莱曾看管过海底世界。尤利克长时间凝视着随邮件一起

传来的照片，只见乌拉面向镜头，身边有两只小熊崽，正啃着它的
脚掌跟它玩耍。

　　他还跟艾克托医生互通了几封邮件。艾克托医生找回了自己的
女朋友，而在与她共同生活之前，他独自一人出发，进行了一次长
途旅行。如今，他们正在酝酿一个新的生命："是个女孩。我希
望等到她长大了的时候，人世间的爱情规则能够变得更加稳定牢
固……无论如何，我们这儿没有任何一个人希望走回头路，而且，
但愿将来谁都不能再走回头路……"

　　而在另外一封邮件里，他写道：

　　"总之，男人与女人之间的关系在最近两百年里发生的变化，
比此前二十万年里发生的变化都大。因此，我们如今还有那么一点
迷失，也就不足为奇了。"

　　艾克托医生继续思考着：

　　"最近，有一个问题令我感到担忧：一对夫妇、一个家庭，乃
至一个文明，如果其成员都不愿意做出牺牲——我亲爱的尤利克，
要知道这个词现在在这里可是一点也不流行了——那他们还能够维
持下去吗？"

　　这个地区的气候与尤利克的家乡非常不同，但生活规则的差别
相对来说就小得多了。这一片群岛由上百座小岛组成，在最近的十
来个小岛上分散居住着若干渔民家庭，在这些家庭之间，所有人都
相互认识。女人和男人在很年轻的时候就结了婚，孩子们大部分时
间都是在外面玩耍，几代人其乐融融地生活在一起。

他们很快就被这里的社会所接受。

尤利克刚买了一艘船，尽管生活在这里完全无忧，他还是意识到有必要像这里的其他男人那样，每天晚上把吃的东西带回家。他很小心地挑了一艘与其他渔民类似的小船，而不是根据自己的财力去购买更大的船。因纽特人的生活教会了他一点：嫉妒是一种可怕的毒药，他必须十分小心，以免令身边的伙伴为此经受折磨。

到了晚上，他们与当地人聚在一起，相互交流白天出海捕鱼和打猎的故事，讲述各自故乡的传奇。有时候，当地的一些老人甚至还会向他描绘他们当年与喀卜隆呐克人打仗的经历。那是很久很久以前的事情了，而更令人难以置信的是，他们竟然还是获胜的一方。就这样，一个个夜晚，围坐在灯火的旁边听着这些老人讲故事，他时不时会有一种奇怪的感觉，就好像他面对的不是当地人，而是他本族的因纽特老人。这一点一度令他感到很诧异，直到有一天，玛希·雅莉克丝在其中一封邮件中告诉他，当地的这些渔民其实算得上是因纽特人遥远的表亲。当年，先人跋山涉水来到北美，其中一部分人留在了南方，繁衍生息，最终成为如今这块土地上的渔民，而尤利克的祖先则继续一路向东向北，一直走到极地边缘才停下来，再往前的话，严寒之酷就超越人类生存的极限了。总而言之，如果追溯到源头，这个地方的渔民与尤利克和他的因纽特族人一样，都是某个蒙古人的后裔。

他听到她从水里出来的声音，然后是向他走来的脚步声。

"尤利克？"

"在这里。"

她走过来躺在他的身边，湿漉漉的皮肤上还挂着盐花，就好像一条长大的美人鱼，等着被他带回她出生的那片海。

致　谢

　　写小说原本是一件特别孤独的事情，但就我而言，写作的过程总是在不断地与别人打交道中推进的。首先要提到的是我的几位读者，贝尔纳尔·菲克索、弗洛伦·马索和菲利普·罗比奈。他们的鼓励，特别是弗洛伦的支持，令我油然而生亲切感，并最终使我帮助尤利克这个人物跨越了故事结构中的某些障碍。在此，我谨向他们表达我诚挚的谢意。

　　这本书的主体部分是我在河内的一个春天里完成的。河内这个城市也一直留在我的心中。当时，弗洛伦有一个朋友叫克里斯托弗·布沙尔，他到河内调查研究某种震惊全世界的流行病。由于他的帮助，我在"大都会酒店"受到热情接待，感觉如家一般温暖。尼古拉·奥迪耶、让–米歇尔·卡尔达格和他的女朋友洪海、"大都会酒店"的主管弗兰克·拉弗尔加德，还有我的同行多米尼克·布隆多、伊夫·尼古拉和他的女朋友韩，他们虽然跟城中其他人一样要与流行病和孤独感做斗争，但仍义无反顾地接待了我，并且带我游览了这个他们都很喜欢的城市。其实，连他们自己都没有意识到，这样的经历让我始终保持着乐观的态度，而这对写作一本小说十分重要。在这里，我要向他们致敬，同时也很期待能尽快与他们再度相遇。我要致敬的还有恩加夫人及其"俱乐部餐馆"的整个团队，他们给予我的招待堪称完美无缺。另外，我还要感谢明赫以及他的朋友们，他们是如此好客而又快乐。

值得一提的还有在希尔顿歌剧院旁边的"马农家"餐馆，那里的所有服务生常常看到我每天上午坐在同一张餐台边奋笔疾书，于是对我特别照顾，还给我提供了特别棒的咖啡。诚然，我不可能在这里提到所有人的名字，但还是要向胡小姐、兰小姐、麦小姐、恩戈小姐、彭小姐和秦小姐表达谢意，另外当然忘不了齐夫人，她的微笑和幽默感长时间地支撑着我的工作。

我的几位好朋友对本书的写作也有所贡献：埃蒂安娜·奥贝尔在某个我情愿待在风扇底下的早晨，拖着我去了下龙湾；汉恩·拉马尔和伊丽莎白·哈梅尔在加拿大冰天雪地的冬天接待了我；而让-吕克·奥利维和多米尼克·德拉尼则为我提供了去河内探望他们的机会。

最后，我要感谢我的父亲和伊莲娜，他们在尤利克这个人物还在"摇篮"里时，就对他寄予关注；另外，我的谢意还要传递给几位知识渊博的女性读者朋友，特别是奥莉维亚·费利、加米·布雷珍、玛丽埃拉·贝尔特阿、伊萨贝尔·舍维-梅泰、奥德·德巴尔勒、玛丽-约瑟芬妮·马金托什、加特琳娜·鲁宾、迪雅妮·乌尔维克，另外还有我的朋友茜希尔·魏永、图齐·扬克尔和卢克·马雷，在我构思尤利克这个人物的时候，他们助我想明白了几个重要问题。

通过这本书，我还要向所有与"北方极地"有关的诗人和探险家表达敬意，例如皮特·弗卢琛、克努德·拉斯姆森，当然还有让·马劳尼，他们的著作为我敞开了了解因纽特世界的大门。在此，还要特别感谢我的同行米歇妮·贝朗热，她在魁北克卫生部工作。当她的丈夫正在为我们准备北冰洋鲑鱼大餐的时候，她向我详细介绍了她每天与因纽特家庭打交道的经历。不过，必须指出的是，倘若我在本书中描述的这个伟大民族的情况有不妥之处，她显然无须为此承担任何责任。